# サンドイッチクラブ

長江優子 Nagae Yuko

岩波書店

# もくじ

装画・扉絵　小西英子

# サンドイッチクラブ

# 1 夏期講習と砂《すな》かけババア

水曜日、夏休み三日目。

桃沢珠子《ももざわたまこ》は、ふたつの台風とにらめっこしていた。

ひとつは時計まわりに渦《うず》をまいている台風で、もうひとつは反時計まわりの台風。

「これは気象衛星が撮影《さつえい》した台風九号です。正しい写真はどちらですか。選んだ理由とともに答えなさい」と、その下に書いてある。

ふたつの台風の間で、シャープペンの先が行ったり来たり……。

珠子は本物の空にヒントをもとめるように壁《かべ》に目を向け、この個室には窓《まど》がなかったことを思いだした。

ここはマドック個別指導塾《じゅく》。先生がひとりの生徒をつきっきりで教える、マンツーマン方式の塾だ。壁《かべ》で細かく仕切られた部屋は、机《つくえ》ひとつがおさまるほどの個室で、それがハチの巣のように廊下《ろうか》にならんでいる。午前中に勉強していた進秀学舎《しんしゅうがくしゃ》という集団塾の教室とは、ぜんぜんちがう。

「答え、わかった?」

珠子《たまこ》が顔を上げると、理科担当《たんとう》の真野《まの》先生が小首をかしげていた。

「進秀学舎《しんしゅうがくしゃ》の夏期講習がおわってから来たの?」

「……うん」

「どうりで眠《ねむ》たそうな顔をしているわけね。これ、ぬる?」

真野《まの》先生はスカートのポケットから小さな容器を出した。先生の隠《かく》し道具、必殺目覚ましクリームだ。珠子は指先でクリームをすくうと、こめかみに円を描《か》くようにぬった。ツインテールの結び目のあたりが、キーンとしびれてきた。頭すっきり、目もかっと見開く。

「あー、いたきもちいい」

さわやかなミントの香り。珠子の頭の中に、なぜかアイススケート場が思いうかんだ。青白い氷の上をすべっているところを想像したら、右足が勝手に前に動いた。

——あっ、ざらざら。

珠子は机《つくえ》の下をのぞいた。

食べこぼしたお菓子《かし》のくずのように、砂《すな》がたくさん落ちている。

——妖怪《ようかい》砂かけババア、今日も出たな。

床《ゆか》に砂。

同じようなことが、ひと月ほど前からつづいていた。そんなとき、受付で部屋割《へやわ》り表を確認《かくにん》すると、きまって珠子の前に「羽村《はむら》ヒカル」という生徒が同じ部屋を使っていた。

「羽村ヒカル」がどんな人か知らない。その人が床に砂をまいたともかぎらない。

だから、珠子は砂かけババアの犯行ということにした。

砂を見るたびに、ぼさぼさ頭でぎょろ目のおばあさんを想像した。

「さあ、答えはどっち？」

珠子は時計まわりの台風の写真を指さした。真野《まの》先生の目がかすかに陰《かげ》った。

「やっぱり、こっち」

「そうだね。じゃあ、もう一回おさらいしよう。ここに地球があります。地球は西から東に向かって自転します。そして……」

壁《かべ》の向こうから、先生たちの熱のこもった声がきこえてきた。それと、シャープペンを走らせる音も。

珠子《たまこ》は靴底《くつぞこ》に砂《すな》を感じながら、ホワイトボードを見つめた。


それから三日後の土曜日。

この日も珠子は進秀学舎《しんしゅうがくしゃ》での夏期講習のあと、マドック個別指導塾《じゅく》に移動した。

今日は同じ学校、神山小《かみやましょう》の森田ちずもいっしょだった。

ちずは黒々とした髪《かみ》と、つりあがった眉《まゆ》が印象的な女の子。六年間、珠子は一度もちずと同じクラスになったことはないけれど、足がおそいグループの仲間として、運動会ではいつもビリを競《きそ》いあった。先週、道で声をかけられて、ちずもダブル塾通いしていることを知った。

駅前の大通りに面している進秀学舎《しんしゅうがくしゃ》から、すこし奥《おく》まったところにあるマドックまで、歩いて三分ぐらいの距離《きょり》だった。でも、とにかく暑い。朝から三時間勉強して、これから一時間半勉強すると思うと、珠子もちずも自然と口数がすくなくなった。

エレベーターで雑居ビルの四階に上がって、受付で部屋番号を確認《かくにん》したあと、十三時からの授業にそなえて休憩室《きゅうけいしつ》で昼食をとった。

「このパン、おいしい！　これ、珠子ちゃんちのお店のでしょ」

ちずは早々にお弁当をたいらげると、珠子が持ってきた黄色い卓球《たっきゅう》ボールのようなパンにかぶりついた。

「ううん。わたしが作ったの。お父さんのお店はフランス系《けい》のパンしかおいてないから。これはポンデケージョっていうブラジル生まれのチーズパンだよ」

「ふーん。へんな名前」

ちずはそう言いつつふたつめに手をのばすと、ハムスターのように頬骨《ほおぼね》をもりあげて食べた。

休憩室《きゅうけいしつ》は静かだった。珠子たちのほかには、問題集をにらみながらお弁当をかっくらっている男の子と、頭にタオルをのせて机《つくえ》につっぷしている性別不明の生徒だけだった。

ちずが小声で珠子にたずねた。

「珠子ちゃん、この前のクラス分けテスト、どうだった？」

進秀学舎《しんしゅうがくしゃ》では毎月テストがあって、その結果をもとにクラス替《が》えが行われる。珠子はずっと一番下のクラスだ。

「んー、あんまり。理科がすごく悪かった。ちずちゃんは？」

「最低最悪。下のクラスにまた落とされるかも。上がったり下がったり、エレベーターみたいだよ」

「ちずちゃんのエレベーターはちゃんと動いてるからいいよ。わたしなんて故障中《こしょうちゅう》だよ。地下でずっと停止してるんだから」

「そこをどうにかするために、ここに来てるんでしょ。わたしもえらそうなこと言えないけど」

「……うん」

進秀学舎《しんしゅうがくしゃ》の授業は特急列車のようにどんどん進む。五年生のときはなんとかついていけたけど、六年生になるとぼんやりと前を見つめてすごすようになった。それで珠子《たまこ》は母親にすすめられて、マドック個別指導塾《じゅく》にも通いはじめた。進秀学舎でわからなかったところを、「一対一で徹底的《てっていてき》に」教えてもらうのだ。

ダブル塾通いをはじめて、今日で二か月。夏休みと同時に夏期講習がはじまって、日曜日以外は毎日進秀学舎に通いながら、マドックでも週二回勉強している。でも、珠子の成績はいっこうに上がらない。母親は「今、この時期にがんばれば、ひと皮むけて新しい自分になれるよ」と言うけど、劇的《げきてき》な変化はおとずれそうにない。

――そもそも、新しい自分ってなんだろう。

内面をみがいて、もっとしっかりすることだとわかってはいるけれど、どちらかというと珠子は中身より見た目のレベルアップにあこがれを抱《いだ》いている。

――モデルさんみたいにスタイルがよくなりたいなぁ。ぼんやりした感じの顔も変えたい。それで勉強ができたら、最強の女の子だなぁ。

珠子がそんなことを考えていたら、ちずが「もう一度やりなおしたいよね。テスト前に時間がもどらないかなぁ」とつぶやいた。

珠子はお手製のクローバー柄《がら》のきんちゃく袋《ぶくろ》からチョコレートの箱を出しながら、「わたしは四年生にもどりたい。あっ、三年生でもいいかな」と言った。ちずがアハッと笑う。

「そこまでもどったら、だれでも羽村《はむら》さんみたいになれるよ」

マドックの受付には、学力テストの成績優秀者《ゆうしゅうしゃ》の名前がはりだされている。「羽村ヒカル」はそこの常連だ。「国立附属難関《ふぞくなんかん》テスト四位」とか「全国一斉《いっせい》テスト十六位」とか、名前のとおり光りかがやいている。

「ちずちゃん、『羽村ヒカル』のこと、知ってるの？」

「ううん」

「でも、今、『羽村《はむら》さん』って言った」

「テキトーに言っただけ」

「ふーん。……あ、とけてる」

箱を開けると、ひと口サイズのチョコレートがとなり同士でくっつきあっていた。この状態で食べるのは危険《きけん》だ。手がベトベトになる。珠子《たまこ》はチョコレートの箱をきんちゃく袋《ぶくろ》にもどした。

「『砂糖《さとう》ゼロ』のチョコっておいしいの？」

ちずの質問に、珠子はポンデケージョに手をのばしながら、「んー、まあまあかなぁ。今、ダイエット中だから」と答えた。

「どれくらいやせたの？」

「ぜんぜん。あ〜、やりなおしたいなぁ」

「どっちを？　テスト？　ダイエット？」

「どっちも」

珠子は足をぶらぶらさせながらポンデケージョをかじった。ちずがきゅっと眉《まゆ》を上げた。

「なんでテストが悪かったのに、パン作ってるの？　なんでダイエットしてるのに、チョコ買ってるの？　しかも今、パン食べてるし」

「んー、なんでだろう。わかんない」

最近、珠子は勉強しようとすると、無性《むしょう》になにかを作りたくなる。フェルト刺繡《ししゅう》だったり、料理だったり、パラパラマンガだったり、作りたいものは日によってちがう。

ゆうべも塾《じゅく》の宿題をはじめたとたん、体が勝手に動きだして、気づけばキッチンに立っていた。ボウルの中の小麦粉を両手でつかんだら、心までふんわりして勉強そっちのけでパン作りに没頭《ぼっとう》した。

珠子がそのことを話したら、ちずは「それって、ただの現実逃避《とうひ》でしょ」と言った。

「そうかなぁ。〈なにか作りたくなる病〉にかかったんだと思う」

「だから、その病気が現実逃避ってこと。珠子ちゃんっておもしろいね。友達になれてよかった」

——本心？　それとも、いやみ？

ちょっぴり気になったけど、珠子はなにも言わずにほほえんだ。

チャイムが鳴った。ちずが水筒をリュックにしまいながら、「今日の部屋、何番？」と珠子《たまこ》にきいた。マドックでは授業を受ける部屋が毎回変わる。

「十一番」

「わたしは二十三番。おわったら自習室に行くけど、珠子ちゃんは？」

「うーん。学校の宿題やらなきゃいけないし、ドラマの再放送も見たいし……」

ちずが急にふりかえって、「あっ、杏《あん》ちゃんだ」と声をはずませた。

一本に結《ゆ》わえた髪《かみ》に黒いカチューシャをした女の子が休憩室《きゅうけいしつ》に入ってきた。バレリーナのようなすらりとした体型に、赤いワンピースが似合っていた。

「杏ちゃん、今、おわったの？　それともこれから？」

「今、おわったとこ。ちずちゃんは？」

「わたしはこれから。……あ、この子はわたしと同じ学校の桃沢珠子《ももざわたまこ》ちゃん」

杏が「知ってる。ときどき会うよね」と言ったので、珠子はうなずいた。話したことはないけど、すれちがったことなら何度かある。すてきな子だなと思っていたので、覚えていてくれてうれしかった。

「この前、聖葉《せいよう》女学院の学校説明会で、杏ちゃんといっしょの校内見学のグループになったんだ。ねっ？」

杏はちずに向かってうなずくと、珠子のほうを見た。

「わたし、橋本杏《はしもとあん》っていうの。学校は穏田小《おんでんしょう》。日曜日以外はほとんどマドックに来てるけど、知ってる子がぜんぜんいないの。これからもよろしくね」

「うん」

とそのとき、イスが床《ゆか》をこする音がした。

珠子たちがふりかえると、机《つくえ》につっぷしていた生徒が顔を上げてこちらを見ていた。ショートカットの女の子。横に流した長い前髪《まえがみ》を耳にかけながら、「今日ひま?」と言った。

だれにきいたのだろう、と珠子が思っていたら、杏が答えた。

「なんで?」

「いちおうきくけど、公園行く気ない？　美竹小《みたけしょう》のヤツから黄金のシャベルを奪還《だっかん》する」

「はい？　そんなひまないし、あっても行かないし」

杏は今さっきまでとちがって、うんと低い声でつっけんどんに答えた。

そんな杏の態度に対して、女の子は表情ひとつ変えなかった。肩《かた》にリュックをかけると、床《ゆか》においてあった群青色《ぐんじょういろ》の風呂《ふろ》敷包《しきづつ》みをかかえた。それから、頭にタオルをのせなおして背筋《せすじ》をぴんとのばし、細筆で書いたような切れ長の目をまっすぐ前に向けて、ふしぎな気品をただよわせながら珠子《たまこ》たちの前を通りすぎていった。ショートパンツからのびた小麦色の足に、オレンジ色のビーチサンダルが映《は》えている。

休憩室《きゅうけいしつ》のドアがしまると、ちずが「今の子、杏《あん》ちゃんの友達？」ときいた。

「友達っていうか、同じ学校の子」

「頭にタオルをのせたまま行っちゃったよ。温泉《おんせん》に行くみたい」

「しょうがないよ。だって、羽村《はむら》ヒカルなんだもん」

珠子とちずは「えっ！」と同時に声をあげた。

「あの子が羽村さんなの？」

「そう、あの羽村さんだよ」

「うそー！」

ちずが前髪《まえがみ》のはえぎわにくっつきそうなくらい眉《まゆ》を上げると、杏は口もとにうす笑いをうかべた。

「『黄金のシャベルをダッカンする』って、意味わかんないんだけど。この前も学校でスマホいじってたら、『そういう行為《こうい》はケンペーに逮捕《たいほ》されるよ』とか言ってたし」

ちずが「ケンペーってなに？」とたずねると、杏は小首をかしげて肩《かた》をすくめた。

二度目のチャイムが鳴った。授業がはじまる。珠子とちずはあわてて休憩室《きゅうけいしつ》を出た。

——あの子が「羽村ヒカル」かぁ。

頭にのせたタオル。ビーチサンダル。風呂敷包《ふろしきづつ》み。

なんておかしな格好なんだろう。ついに砂《すな》かけババアの正体見たり。

「珠子ちゃん、ニヤニヤしてどうしたの？」

「ううん、なんでもない」

珠子はヒカルが歩いたところに砂が落ちていないか、床《ゆか》に視線《しせん》をさまよわせながら十一番の部屋に向かった。

九十分間の授業が終わると、珠子はエレベーターで一階まで降《お》りた。ビルから出ると、エアコンで冷えきった肌《はだ》が外気の暑さにびっくりして鳥肌を立てた。

今日はこれで自由の身。珠子は背伸《せの》びして、足取り軽く歩きだした。

人の多い大通りをさけて、こじんまりした店がならんでいる裏道《うらみち》に入った。ガラスごしに作業風景が見えるキャンディーショップの前で立ちどまり、手作りチーズの店の前でまた立ちどまる。

文房具店《ぶんぼうぐてん》の前で、涼《すず》しげな水色のレターセットをながめていたら、肩先《かたさき》に視線《しせん》を感じた。

ふりかえると、羽村《はむら》ヒカルが立っていた。頭にのせていたタオルは、首にまきつけてある。

「さっき杏《あん》と話してた子だ」

「う、うん」

「トノサマバッタの触覚《しょっかく》みたいな眉毛《まゆげ》の子は？」

「もしかして、ちずちゃんのこと言ってるの？」

「正確に言うと、アマゾンツノガエルのほうが似てる」

「ふーん。っていうか、カエルってひどぉ」

珠子《たまこ》は口ではそう言いつつ、つりあがった眉毛《まゆげ》のカエルを想像しておもしろくなった。

「ここでなにしてるの？」

「べつになにも」

ヒカルは駅のほうに向かって歩きだした。珠子は小走りでヒカルに追いつくと、「さっき、杏ちゃんに言ってた黄金のシャベルってなに？　美竹小の子となにかあったの？」とたずねてみた。ヒカルは前を向いたままうなずいた。

「どんなことか教えて。それから、床《ゆか》に落ちてる砂《すな》のことも」

ヒカルは足をとめて、探《さぐ》るような目つきで珠子を見た。

珠子は言葉を選びながら説明した。

「あのね、実はね、羽村さんが使ったあとの部屋に砂がいっぱい落ちてて……。なんでかなぁって、ずっと気になってたんだ」

「なるほど。それは失敬《しっけい》」

「フフッ、へんなの。むかしの人みたいなしゃべり方をするんだね」

「今から手伝える？」

「えっ？」

「黄金のシャベルを奪還《だっかん》する手伝い。できる？」

「ダッカンって？」

「取りかえすことだよ」

「わたし、ケンカとかはちょっと……」

「ケンカなんてしない。砂で勝負する」

「砂？　砂で勝負ってどういう……あっ」

ヒカルが急に走りだした。ゴミ置き場の前で足をとめて、ぱんぱんにふくらんだゴミ袋《ぶくろ》を見下ろしている。珠子はかけよって、「ねえ、砂《すな》で勝負ってなに?」とたずねた。

「名前は?」

「桃沢珠子《ももざわたまこ》」

「あたしは羽村《はむら》ヒカル。これ持ってて」

珠子は名前はもう知ってるよ、と思いながら、ヒカルがさしだした風呂敷《ふろしき》包《づつ》みをつかんだ。けっこう重たくて、布の中でかたいものがぶつかりあっているような感触《かんしょく》がした。

珠子が風呂敷包みを見つめていたら、ヒカルは「それ、おばあちゃんの形見《かたみ》」と言った。

「この中身のこと?」

「ううん、その風呂敷」

ヒカルはゴミ袋《ぶくろ》の結び目をほどくと、中からエアーキャップを引っぱりだした。梱包材《こんぽうざい》として使われる小さなプチプチがついたシートだ。ヒカルはエアーキャップの表面をなでるようにさわった。

「どうしたの? 砂とそれが関係あるの?」

「ちょっとだまってて。イメージどおりにいくか考えてるんだから。……はい、ありがと」

ヒカルは珠子の手から風呂敷包《ふろしきづつ》みを奪《うば》うようにしてつかむと、ビーチサンダルの音をひびかせながら足早に歩きだした。

「待って。手伝いってなにをすればいいの？　わたしにもできること？」

「うん。シンパンだよ」

「えっ？」

「だから、シ・ン・パ・ン！」

よくわからない。言っていることがちんぷんかんぷんだ。

珠子はプリントがいっぱいつまったリュックをゆらしながら、ビルの谷間を走っていくヒカルを追いかけた。

# 2 チーターとライオン

珠子《たまこ》とちずが通っている神山小《かみやましょう》。杏《あん》とヒカルが通っている穏田小《おんでんしょう》。そして、美竹小《みたけしょう》。それらは同じ区内の小学校だ。美竹小と穏田小は商業地と住宅地《じゅうたくち》がミックスしたにぎやかなエリアにあり、大通りによって切りはなされた神山小は、静かな住宅地にある。美竹小から穏田小まで、歩いて二十分くらい。神山小はどちらの学校に行くにしろ、倍の時間がかかる。

――羽村《はむら》さんは美竹小の子と、どんなトラブルをおこしたんだろう。

珠子はヒカルといっしょに大通りを進んだ。駅をこえて十分ほど歩いたところで、ヒカルが右に曲がった。そこは上り坂になっていて、坂のとちゅうに緑がこんもりとしげっていた。入り口に美竹公園と書いてある。

「あっ。ここ、知ってる！」

珠子は幼《おさな》いころ、ときどきバスに乗って、この公園に来たことを思いだした。園内の児童館で遊んだあと、外で思いっきり走りまわるのがお決まりのコースだった。

遊具は使いこまれていたけれど、以前と変わっていなかった。人っ子ひとりいないのは、みんな暑さをさけて、児童館のほうに流れたせいかもしれない。

「この公園って、美竹小の子たちのホームグラウンドじゃない？」

珠子がたずねると、ヒカルは「うん。公園のとなりが美竹小だよ」と答えた。

「じゃあ、わたしたちってアウェイだ」

「だから？　言っとくけど、サッカーやるんじゃないからね」

ヒカルは公園の奥《おく》に進んだ。珠子は胸《むね》をざわつかせながらリュックの肩《かた》ひもをつかんだ。

ロケット型のすべり台の下をくぐってブランコのわきを通りすぎると、クリーム色の壁《かべ》が見えてきた。

――あの壁の向こうには、すごく大きな砂場《すなば》があったはず。

いったいヒカルは美竹小の子たちと砂でどんな勝負をするのだろう。

砂《すな》……。砂で勝負といえば、はっけよーい……。

「のこった！　じゃなくて、わかった！　相撲《すもう》でしょ？　ねっ、ぜったいそうでしょ？」

珠子《たまこ》がヒカルに走りよってたずねると、ヒカルは首を横にふった。

「じゃあ、泥団子《どろだんご》の投げあい？」

「ぜんぜんちがう」

「じゃあ、なに？　教えてよ」

「見ればわかる」

敵《てき》の陣地《じんち》に乗りこむ気分で壁《かべ》の向こう側に行くと、砂場があらわれた。低い壁にかこまれた楕円形《だえんけい》の砂場は、珠子の記憶《きおく》の中の大きな砂場とそっくり同じだった。そこに、これまた目を見はるほど大きなふたつの砂山があった。とび箱七段分くらいありそうだ。

野球帽《やきゅうぼう》をかぶった男の子が、大きな黒いシャベルの背《せ》で片方《かたほう》の砂山をぺしぺしたたいていた。だぼっとしたシャツとくるぶしまでのズボンのせいで、細い手足がさらに細く見える。日焼け具合はヒカルといい勝負だ。

「わぁ、なにこれ？　すっごく大きい！」

珠子が感嘆《かんたん》の声をあげると、壁《かべ》ぎわにしゃがみこんでいたふたりの男の子が顔を上げた。

みごとに同じ顔。眉毛《まゆげ》の上で一直線に切りそろえたヘアスタイルまで同じだった。

ひと目見てふたごとわかる男の子たちは、突然《とつぜん》、ツバメの雛《ひな》のようにさわぎだした。

「あっ、ハムだ！　ハムが来たぞ！」

「ヨーマ、ハムだよ！」

ヨーマとよばれた野球帽《やきゅうぼう》の男の子がふりかえった。黒いシャベルを地面につきさすと、しゃがれた声でどなった。

「おまえ、おっせーよ！　砂山、ふたつも作っちまったじゃねーか！」

ヒカルがドスのきいた声で言いかえした。

「うるさい！　こっちはあんたとちがってヒマじゃないんだ。そのシャベル、あたしにも使う権利《けんり》があるんだから、今すぐ返せ！」

「いーやーでーすぅ」

男の子は口をすぼめて寄り目をした。ふたごも「やーだね」「だれがハムなんかに返すもんか」と援護《えんご》射撃《しゃげき》した。

「シラベさんは『使いたいヤツは自由に使え』って言ったんだ。オレが使ってどこが悪い？」

「異議《いぎ》あり！　シラベさんは『留守中はうちのマンションの駐車場《ちゅうしゃじょう》にシャベルをおいておくから、使いたいヤツは自由に使え』と言った。それなのに、あんたばっかり使って所定の場所に返さない。ルール違反《いはん》だ！」

「しょうがないじゃん。毎日使いたいんだもん。それにおまえ、オレんち知ってんだろ。シラベさんちの真ん前だぜ。使いたけりゃ、うちのピンポンおせばいいじゃん」

「却下《きゃっか》！」

「じゃあ、勝手にすればぁ」

「あんたみたいな性格のねじまがった泥棒《どろぼう》は、いつかケンペーに逮捕《たいほ》されるぞ」

出た、うわさのケンペー。

珠子《たまこ》は杏《あん》が言ったことを思いだした。ケンペーってなんだろう。それよりも、今はヨーマという男の子のほうが気になる。

ヨーマが「なんのことだかわかりましぇーん」と腰《こし》をふっておどけた。ヒカルが「なぐるぞ」とおどすと、ヨーマは「うわぁ、こわーい。だったら、これで勝負しましょうや」と砂山《すなやま》を指さした。

「のぞむところだ。今日はシンパンをつれてきた」

ヒカルが切れ長の目を珠子に向けると、ヨーマは「そいつ、おまえの友達だろ」と顔をしかめた。

「ううん。友達じゃない。そうだよね？」

「えっ、ちょっと待って。シンパンってなに？　さっきからぜんぜんわからないんだけど」

「あたしとヨーマが作る砂の彫刻《ちょうこく》を見て、どっちがうまいか判断して」

「砂の彫刻？」

ヨーマがまじめな顔をして珠子に言った。

「オレは勝田葉真《かつたようま》だ。そっちはオレの弟の羽衣音《はいね》と愛衣音《あいね》。おまえ、本当にハムのことをひいきしないか」

「そんなこと言われても、わたし、砂の彫刻ってよくわからないし」

「じゃあ、羽衣音《はいね》。おまえも審判《しんぱん》やれ」

「わかった」

「こっちとそっちからひとりずつ審判を出すなら、文句ないだろ」

ヒカルはうなずくかわりに、風呂敷包《ふろしきづつ》みとエアーキャップを足もとに落とした。そして、品定《しなさだ》めするようにふたつの砂山《すなやま》のまわりを一周した。

「あたしはこっちでやる」

「じゃあ、オレはこっち」

ヒカルは首からタオルを引きぬいて頭にまきつけると、風呂《ふろ》敷包《しきづつ》みの結び目をほどいた。開いた布の上に小型の園芸用スコップ、フォーク、三角定規、ヘアブラシなど、いろいろなものがあらわれた。ヒカルはその中から錆《さ》びたテーブルナイフを選ぶと、シャツの裾《すそ》で刃《は》の部分を念入りにふいた。

もう一方の砂山の前に立った葉真《ようま》は、腰《こし》にまいた黒いウェストポーチから金属製のヘラを出した。お好み焼きをひっくりかえすときに使う道具だ。

ヒカルと葉真は道具をかまえて顔をつきあわせた。

「ハムはなにを作るんだ？」

「教えない」

「んじゃ、オレも教えねぇ」

「ズルは失格。昨日みたいにふたごに手伝わせないこと」

「はいはい、わかってますって。おまえだって、知りあいに手を出させんなよ」

ふたりの視線《しせん》がぶつかりあって火花が散った。今にも決闘《けっとう》がはじまりそうな雰囲気《ふんいき》。珠《たま》子《こ》ははねあがる心臓《しんぞう》をおさえつけるように胸《むね》に手をあてた。

「いくぞ。よーい、スタート！」

羽衣音《はいね》が風を切るように腕《うで》をふりあげると、ヒカルと葉真は砂山に道具をつきさした。ザクッという音。つづいて、シャリッ、シャリッと砂がけずられていく音が、広い砂場にひびきわたった。

――えっ、なにしてるの？　この子たち、なんなの？

珠子はその場に立ちすくんでふたりを見つめた。

サッカーでも、相撲《すもう》でも、泥団子《どろだんご》の投げあいでもなく、砂の彫刻《ちょうこく》。ヒカルと葉真はとっくみあいのけんかをはじめるどころか、たがいに背中《せなか》を向けて砂山をけずっている。

「フフッ、おもしろい」

珠子がつぶやくと、背後《はいご》から「どけよ」と声がした。愛衣音《あいね》がタブレットをかまえながら、「撮影《さつえい》してるんだから、じゃまっ」と追いはらうような仕草をした。

珠子はあわてて後ろに下がった。

葉真《ようま》が手をとめて、野球帽《やきゅうぼう》のつばをくるりと後ろに向けて言った。

「制限時間は六十分。砂《すな》がくずれたら、その時点で負け。時間が来たら教えてくれ」

珠子《たまこ》はうなずいて時計台を見た。三時五十二分だった。

――一時間もかけてなにを作るんだろう。

珠子は壁《かべ》によりかかって作業を見つめた。ヒカルと葉真は右へ左へ、前へ後ろへ移動しながら砂山をけずっていた。ときどき、はなれたところから自分の作品を観察したり、相手の作品と見くらべたりしている。そうこうしているうちに、ふたつの砂山はどんどん形を変えていった。

――これだけ砂をいっぱい積みかさねると、彫刻《ちょうこく》が作れるのかぁ。

珠子は「砂？」とつぶやいて、はっとした。

――マドックの床《ゆか》に散らばっていた砂は、やっぱり羽村《はむら》さんが持ちこんだんだ！

もしかしたら、風呂敷《ふろしき》の底についた砂が落ちたのかもしれない。謎《なぞ》がとけて、珠子はうれしくなった。

耳をつんざくようなセミの大合唱の下、ヒカルと葉真は太陽に肌《はだ》を焼かれながら彫刻《ちょうこく》作りに没頭《ぼっとう》していた。

珠子はふたりを見つめながら、かつて同じ場所でハート形の金型で砂のクッキーを作ったり、砂山にトンネルを掘《ほ》って、そこに水を流したりしたことを思いだした。

――今なら、もっとすごいものが作れる。なにがいいかなぁ。

珠子は無性《むしょう》に砂をいじりたくなった。でも、今は審判《しんぱん》だ。気持ちをぐっとこらえて、壁《かべ》ぎわで泥団子《どろだんご》をこねている羽衣音《はいね》に声をかけた。

「きみ、何年生?」

「フォー!」

「フォー? ああ、四年生ってことね。あのふたり、いつもあんなふうに砂遊びしてるの?」

「砂遊びじゃない。葉真はアーティストだから、作品を作ってるんだ」

アーティストだなんてえらそうだなぁ、と珠子は思った。

「おまえ、ハムと同じ学校?」

「ううん。わたしは神山小」

「名前は?」

「桃沢珠子《ももざわたまこ》」

「えっ、タマゴ？　タマゴだって。ハムとタマゴのコンビか！」

羽衣音《はいね》は足をばたつかせて笑った。兄弟そろって失礼きわまりない。

「おい、タマゴ。ハムのあれはネコか？」

「あんなに大きなネコがいるわけないでしょ。たぶん、チーターかなんかじゃない？」

チーターは地上でもっとも速く走る肉食動物だ。小さな頭とスリムな体。目頭《めがしら》から口もとにかけて、ティアーズライン（涙《なみだ》の線）と呼《よ》ばれる黒い線がついているのが特徴《とくちょう》で……と、珠子《たまこ》が好きな動物番組の受け売りで話すと、羽衣音《はいね》は「なんだ、チーターか」とばかにしたように言った。

「きみのお兄さんが作ってるのは、なに？」

「おまえ、見てわかんないの？　たてがみがあるからライオンに決まってんだろ。葉真《ようま》はライオン作りのプロフェッショナルなんだぞ」

羽衣音《はいね》が自慢《じまん》すると、撮影中《さつえいちゅう》の愛衣音《あいね》もふりかえって、「いつもライオンを作ってるけど、ポーズがちがうんだ。今日のは『伏《ふ》せ』のポーズだぜ」とさらに自慢した。

葉真はヘラからスプーンに持ちかえて、ライオンのたてがみを整えはじめた。

一方のヒカルは、ゴミ置き場から持ってきたエアーキャップをチーターの頭にのせて、上からおしあてていた。エアーキャップをはがしたあとに、小さな斑点《はんてん》がついている。はがし方がまずかったのか、片耳《かたみみ》がくずれて消えていた。

「ダッ、しまった！」

ヒカルはエアーキャップを小脇《こわき》にはさむと、しめった砂《すな》をつかんで耳を作りなおした。

葉真が手を休めてうれしそうに言った。

「それ、チーターだろ。体の模様《もよう》を作ろうとして失敗したんだな。バーカ。手をぬこうとするからそうなるんだ。シラべさんに笑われるぜ。……おい、時間は？」

葉真が珠子を見た。珠子は時計台を見て、「四時四十五分。あと七分だよ」と伝えた。

すぐさま、羽衣音《はいね》が否定《ひてい》した。

「ちがうよ。三時五十分にスタートしたから、あと五分だぞ！」

ヒカルの顔色が変わった。手早く耳をなおすと、チーターの胴体《どうたい》にエアーキャップをおしあてた。一方の葉真は、口笛をふきながらライオンの台座《だいざ》に模様《もよう》を描《えが》いている。余裕《よゆう》しやくしゃくといった感じだ。

羽衣音《はいね》がカウントダウンをはじめた。愛衣音《あいね》も撮影《さつえい》しながら声を合わせた。

「五、四、三、二、一、終了《しゅうりょう》！」

「よっしゃー!」

葉真《ようま》がガッツポーズをした。ヒカルは肩《かた》を落としてエアーキャップを地面に放った。

「タマゴ。これをいいと思ったほうの作品の前において」

羽衣音《はいね》が珠子《たまこ》に泥団子《どろだんご》をさしだした。

「審判《しんぱん》をするときは、最初にはなれたところから作品を見るんだ」

ついてこいよ、というふうに、羽衣音《はいね》が顎《あご》をくいっと上げた。

珠子は泥団子を持って砂場《すなば》の出入り口に立った。

「うわぁ……」

真夏の公園に、忽然《こつぜん》とあらわれた砂の彫刻《ちょうこく》。

ヒカルが作ったチーターは凛々《りり》しい顔つきをしていた。ねらいをさだめた獲物《えもの》が、気をゆるめる一瞬《いっしゅん》のすきをうかがっているような格好をしている。

一方、葉真のライオンは百獣《ひゃくじゅう》の王らしく堂々としていた。どことなく愛嬌《あいきょう》もある。

「すごいなぁ」

珠子はため息まじりにつぶやいた。大きな砂のかたまりを一時間で動物に変えてしまうなんて、ヒカルも葉真もすごすぎる。

「全体を確認《かくにん》したら、つぎは細かいところをチェックするんだ」

珠子は羽衣音《はいね》といっしょに葉真の作品に近づいた。間近《まぢか》で見たら、たてがみのうねりがみごとだった。

「うわぁ、ツノの立ったホイップクリームみたい！」

「ツノ？」

「生クリームをよく泡立《あわだ》てるとこうなるの」

つづいて、ヒカルの作品の前に移動した。遠くから見たときは気にならなかったにわか仕立ての片耳《かたみみ》と、エアーキャップで作った斑点《はんてん》の模様《もよう》がすこし雑なのが引っかかった。

珠子はもう一度、葉真の作品を見た。粗《あら》さがししようと思ったけれど、どこも見つからない。すきがないというか、ひとことで言えば完璧《かんぺき》だった。

「今日の勝負も葉真の圧勝だな」

羽衣音《はいね》はまよわずライオンの台座《だいざ》の前に泥団子《どろだんご》をおいた。

「タマゴはどっちだ？」

勝手にそんな呼《よ》び方しないで、と思いつつ、珠子はまよった。たしかにライオンのほうがよくできているけど、ここで一票を投じたらヒカルが負けてしまう。

――でも、友達じゃないし……。

ヒカルから言われた言葉を思いだして、胸《むね》がチクッとした。たしかに知りあったばかりで友達とはいえないけど、面と向かって言われて気持ちのいい言葉ではなかった。

そのとき、珠子《たまこ》の鼻の上に水滴《すいてき》がぽつんと落ちてきた。見上げると、青空が鈍色《にびいろ》に変わっていた。いつのまにかセミの大合唱はやんで、冷たい風が木の葉をゆらしていた。

ヒカルが「雨だ」と言うと、愛衣音《あいね》が「ゲリラ豪雨《ごうう》が来るよ。早く帰ろう」と葉真《ようま》のシャツを引っぱった。羽衣音《はいね》と声を合わせて、「とっとと決めろよ」と珠子を急《せ》かした。

「えー、簡単《かんたん》に決められないよぉ」

「早くしろって!」

空からマスカットみたいな雨つぶが落ちてきた。風がますます強くなって、視界《しかい》がどんどん暗くなっていく。ゴゴゴと地響《じひび》きがして、空がピカッと光った。珠子はあわてて泥団《どろだん》子《ご》をライオンの前におくと、壁《かべ》ぎわにダッシュした。

バザッ。

「えっ?」

珠子の背後《はいご》で奇妙《きみょう》な音がした。ふりかえるとチーターの鼻先がなくなっていた。目が、耳が、弾丸《だんがん》を受けたようにくずれていく。

「負け！　負け！　ハムの負けー！」

羽衣音《はいね》と愛衣音《あいね》がチーターに向かって泥団子を投げていた。葉真もピッチャーのように腕《うで》をぐるんとまわして泥団子の剛速球《ごうそっきゅう》を投げた。ヒカルはなすすべもなく立ちつくしている。

「ちょっとやめなさいよ。……イタッ！」

泥団子の一弾《だん》が珠子の腕《うで》をかすった。肌《はだ》に紙やすりをかけたような痛《いた》みが走る。

雨が本降《ほんぶ》りになってきた。珠子は急いでリュックから折りたたみ傘《がさ》を出した。パサッという音とともに黄色い生地《きじ》が視界《しかい》をおおった瞬間《しゅんかん》、「ギャッ」と声がした。傘を持ちあげると、ヒカルと葉真が黒いシャベルを引っぱりあっていた。葉真は力ずくでシャベルを我《わ》が物にすると、「じゃあなっ！」と手を上げて走りだした。

「シャベル返せ！」

「オレが勝ったんだからオレのものでーす！」

「おまえじゃなくてシラベさんのものだ！」

「どうもどうも、あざーっす！」

ヒカルが葉真《ようま》とふたごを追いかけていく。

ぼんやりした視界《しかい》の中、四つの人影《ひとかげ》が笑い声と怒号《どごう》とともに壁《かべ》の向こうに消えていく。

ほどなく、ヒカルがもどってきた。ニレの木が枝をふりまわして暴れている下を、肩《かた》をいからせてやってきた。

と、いきなりライオンをまわし蹴《げ》りした。ふりあげた足からビーチサンダルがぬけて、雨の中をロケットみたいに飛んでいく。素足《すあし》のまま、蹴《け》って、蹴って、蹴りまくって、黒い水しぶきを空中に散らしている。

――ああいうの、なんか、なんていうか……

「かっこいい！」

ヒカルの全身から野生のかがやきがあふれていた。

スニーカーより裸足《はだし》。焼いた肉より生肉。矯正《きょうせい》器具よりとがった犬歯。

羽村《はむら》さんの前世はチーターだ、と珠子《たまこ》は思った。あの砂《すな》の彫刻《ちょうこく》はヒカル本人だ。

ヒカルは獲物《えもの》を食べつくしたように腕《うで》で口もとをぬぐった。乱《みだ》れた前髪《まえがみ》を耳にかけると、道具をかたづけはじめた。びしょぬれの風呂《ふろ》敷包《しきづつ》みをかかえて、「撤収完了《てっしゅうかんりょう》。避難《ひなん》開始」と号令をかけた。

珠子は砂に足をとられながら砂場を出た。ふりかえると、体の一部を失ったチーターとライオンが太古の遺跡《いせき》のように雨に打たれていた。

珠子とヒカルはひとまず児童館に避難《ひなん》した。うすぐらい吹《ふ》きぬけのロビーのベンチにすわって、珠子は髪《かみ》を整えた。

「これ、使う?」

珠子がハンドタオルをさしだすと、ヒカルは首を横にふって自分のタオルを見せた。ヒカルの足もとに小さな水たまりができている。

「さっきはごめんね。わたしが羽村さんの作品を選んだら引きわけだったのに……。あの子たち、人が作ったものをあんなふうにこわすなんてひどいね」

珠子がそう言うと、ヒカルは泥《どろ》まみれの膝小僧《ひざこぞう》をなでながら、「どうせこわれるし。形あるものはみんなこわれるって、おばあちゃんも言ってた。それに、桃沢《ももざわ》さんの審判《しんぱん》はまちがってない。あたしの砂像《さぞう》に泥団子《どろだんご》をおいてたら、その場でレッドカードだ」とさばさばした調子で答えた。

「あれって砂像っていうの?」

「うん。外国では『サンドアート』って呼《よ》ばれてるって、シラベさんが言ってた」

「シラベさん？」

「アーティストだよ。シラベモトヤっていう、日本で三人しかいない砂像彫刻家《さぞうちょうこくか》のひとり」

「へえ。そういう人、わたし、はじめて知った。じゃあ、羽村《はむら》さんはシラベさんから砂像の作り方を教わったの？」

「うん。家出したとき、ここで葉真《ようま》たちとシラベさんが砂像を作ってるのを見たんだ。それがはじまり」

珠子《たまこ》は「ふーん」と言いつつ、心の中では羽村さんの口から家出なんて言葉が出てくるとは、と思った。そもそも、横にいるびしょぬれの女の子と、マドックの受付の前にはりだされた成績優秀者《ゆうしゅうしゃ》の「羽村ヒカル」がうまく結びつかない。

「どうして……」

家出を？　と珠子は言おうとして言葉をぐっと飲みこみ、「どうして黒いシャベルなの？」とたずねた。

「黄金のシャベルを奪還《だっかん》するって言ったでしょ。でも、あのシャベル、黄金じゃなかった。黒かったよ」

「黄金っていうのは、色じゃなくて『お宝級《たからきゅう》』っていう意味。あのシャベルって、信じられないくらい使いやすいんだ」

「ふーん。でも、シャベルぐらいで勝負するなんてすごいね」

「『ぐらい』ってどういうこと？」

「あっ、そういうことじゃなくて、なんていうか、羽村さんみたいに頭のいい人が、なんであの子と本気になって対決してるのかなぁと思って。なにか言われたの？」

あせって早口になった珠子に、ヒカルは親指のささくれをかじりながら言った。

「ちょっと前に、砂像を作ったとき、あいつから『おまえは一生負け犬だ』って言われた。下手とか、負けとかならまだゆるせるけど、あの言葉はぜったいゆるせない」

——一生負け犬かぁ。

珠子はなんだか自分のことを言われているような気がした。あなたは新しい自分になれない、とつきはなされたような感じ。珠子は建物の奥《おく》の暗がりを見つめてつぶやいた。

「『一生』って永遠に変われないってことでしょ。そんなの、ひどい。わたしもゆるせない」

雨宿りしている人たちが窓《まど》の外を見ていた。

空は夜のように暗く、雨が滝《たき》のように大きな窓ガラスをつたっている。

横なぐりの風が窓ガラスをたたいたそのとき、肩先《かたさき》から声がした。

「あたし、桃沢《ももざわ》さんと友達になりたい」

「えっ？」

ふりかえると、ヒカルがぬれた前髪《まえがみ》のすきまから珠子《たまこ》を見ていた。水晶《すいしょう》のように澄《す》んだ切れ長の目。紫色《むらさきいろ》のくちびるはかすかにふるえている。

さっき、珠子はちずに「友達になれてよかった」と言われ、今度はヒカルから「友達になりたい」と言われた。同じ「友達」でも、ヒカルの言葉には濁《にご》りがなく、切実な感じがした。

「うん、友達になろう」

珠子がほほえむと、ヒカルは頬《ほお》をゆるませた。窓《まど》ガラスに両手をつけて、空を見上げる。

「小降《こぶ》りになったら、うちまでダッシュしよう。せまくてぼろいけど、ドライヤーあるよ。服、乾《かわ》かしてあげる」

# 3 夢と暗記パン

珠子《たまこ》とヒカルはひとつの折りたたみ傘《がさ》におさまるように、肩《かた》をよせあって駅と反対方向に雨の大通りを歩いた。一歩ふみだすたびに、びしょぬれの靴《くつ》の布地から水がブシュッと出てくる。傘《かさ》の柄《え》にそえたヒカルの手に行き先をまかせながら、珠子は足もとばかり見ていた。

ヒカルの家は繁華街《はんかがい》の裏手《うらて》にある古いつくりのマンションだった。赤い郵便《ゆうびん》受けが屋外にならんでいて、階段《かいだん》の手すりは水色のペンキがかさぶたみたいにめくれあがっていた。

階段で三階まで上ると、四つほどドアがならんでいた。ヒカルは「ここだよ」と言って、一番近いドアに鍵《かぎ》をさした。

「ちょっと待ってて。先に足、洗《あら》ってくる」

ヒカルは玄関《げんかん》のあがり框《かまち》においてあった白いぞうきんに両足をのせると、腰《こし》を左右にふりながら廊下《ろうか》の一番手前のドアまで進んだ。そこは洗面所《せんめんじょ》なのだろう、ドアの向こうから水が流れる音がした。その音にかくれるようにして、低い機械音がきこえてくる。

――なんだろう。奥《おく》にだれかいるのかなぁ。

服を着替《きが》えたヒカルが洗面所から出てきた。珠子《たまこ》はかりたタオルで頭や腕《うで》についた水滴《すいてき》をふきとると、靴《くつ》をぬいだ。足にへばりついた靴下をむりやり引きはがし、ヒカルがやっていたようにぞうきんに両足をのせて洗面所に行った。

珠子がドライヤーで髪《かみ》と服を乾《かわ》かしている間、ヒカルが珠子の靴に新聞紙をつめておいてくれた。

「ぬれた靴はこうしておけって、おばあちゃんが教えてくれた。麦茶飲む？」

「うん」

ヒカルにくっついて奥《おく》の部屋に行った。

麦茶を待っているあいだ、珠子は食卓《しょくたく》のイスにすわって室内をながめた。

流し台の上におかれた白い台ふきん。予定表やゴミの収集日《しゅうしゅうび》がはられた冷蔵庫《れいぞうこ》。色形のちがう食器がきれいにおさまっている食器棚《しょっきだな》……。ダイニングのとなりにもうひとつ部屋があって、半分ほど開いた引き戸の向こうに窓《まど》が見えた。窓ガラスに向かいのビルのネオンが映《うつ》りこんでいる。

——なんか、ふしぎ。

ヒカルの家は漂白剤《ひょうはくざい》のにおいがした。そのにおいと、珠子の服にしみこんだ雨のにおいがまざりあって、プールのにおいになった。目をとじると、本当に学校のプールにいるようだった。低い機械音はまだつづいていた。

「うち、ぼろいでしょ」

ヒカルの声がして珠子は目を開けた。テーブルに麦茶とおせんべいがおいてある。

「そんなことないよ」

「さっき、めずらしいものを見るような目で、家ん中見てた」

「ううん、きれいだよ。うちなんて、テーブルの上がいつもごちゃごちゃ。……そうだ、チョコ食べない？　すこしとけちゃったけど」

珠子はとなりのイスにおいたリュックに手をのばした。

と、つまさきになにかあたった。テーブルの下をのぞいたら、黒い円盤型《えんばんがた》の自動掃除機《そうじき》が床《ゆか》をはいずりまわっていた。

「なにか音がすると思ったら、これだったんだね」

「今ごろ気づいた？　こんな貧乏《びんぼう》くさい家にハイテク機器があって、びっくりしたんだ」

「だから、そんなことないよ」

「その掃除機《そうじき》、あたしが特待生に選ばれた日に、マドックの塾長《じゅくちょう》からもらった」

「特待生？」

「授業料をはらわなくていい生徒のこと。あたし、マドック初の特待生なんだ」

ヒカルによると、ヒカルはマドックにひとりでのりこんで、「国立中学に行きたい」と塾長に直談判《じかだんぱん》したのだそうだ。そんな子は初めてだったので、塾長はためしに入塾テストを受けさせて、その場でヒカルを特待生に決めたという。

「週一回勉強を教えてもらって、自習室も毎日使い放題。そのかわりに、志望校とあわせて五つの私立《しりつ》中学を受験する約束をした。……あ、この話はぜったいないしょだよ」

珠子《たまこ》とヒカルは形のゆがんだチョコレートをつまんだ。

それから、おせんべいをかじりながら学校や塾のことを話した。

珠子がチョコレートの空箱をゴミ入れに捨《す》てたときだった。テレビの横の小さな仏壇《ぶつだん》が目にとまった。ヒカルと同じ目をしたおばあさんの写真の横に、キクの造花とヤクルト、それに「アメリカ合衆国《がっしゅうこく》大統領就任成就《しゅうにんじょうじゅ》」と書かれた細長い紙がおいてあった。

「おそなえものが大統領?」

「うん。おばあちゃんなら、おまんじゅうよりあたしの夢のほうが喜ぶはずだから」

夢? と珠子はふりかえってヒカルを見た。

「羽村《はむら》さん、アメリカの大統領になりたいの?」

「うん」

うそだぁ、と笑った珠子に、ヒカルは「桃沢《ももざわ》さんは大切な人に冗談《じょうだん》で自分の夢を誓《ちか》える?」と言った。

珠子は首を横にふった。でも、夢が大統領ってスケールが大きすぎて、やっぱり笑える。

「どうして? 羽村さんのおばあさんが大統領になりなさいって言ったの?」

「ううん。あたしが自分で決めた」

「あの、総理大臣ならまだわかるけど、大統領って……」

「桃沢さんにわからなくても、おばあちゃんにはわかるから」

真剣《しんけん》なヒカルを見て、珠子は口をつぐんだ。

「うちは昔、お金持ちだった。でも、おばあちゃんのお父さん、つまり、あたしのひいおじいちゃんが戦争に行って働けなくなってから、ずっと一族低空飛行中なんだ」

ヒカルはそう言ってテーブルの上の黄色い傘《かさ》をかぶった電球を見つめた。

「おばあちゃん、こわいけどやさしかったなぁ。おばあちゃんのごはん、おいしかったなぁ。寝《ね》る前に戦争のときのことをいっぱい話してくれたなぁ。食べ物がどんどんお店から消えていった話とか、となりの家の大学生がケンペーにつかまった話とか、空襲《くうしゅう》のとき……」

「あっ、待って待って。ケンペーってなに?」

「むかしの警察《けいさつ》。それから、空襲《くうしゅう》のときに酸欠で死にそうになった話とか、近所の人が銃《じゅう》でうたれた話とか……」

しゃべりつづけるヒカルを、珠子《たまこ》はぼんやりと見つめていた。

戦争の話なんて友達同士でする? へんなの、と思いながら。

「一番こわかったのは、おばあちゃんが『戦争はまだつづいてる』って言ったこと。姿《すがた》をかくしてるだけで、本当はまだつづいてる、って。だから入学式のとき、防災ずきんといっしょに防毒マスクを学校に持っていかされた。休みの日は公園でタンポポやシロツメクサの葉っぱをつんで、おかゆといっしょに食べたりした」

ヒカルはおばあさんが描《か》いたという紙芝居《かみしばい》をとなりの部屋から持ってきて、珠子の前でひろげてみせた。

空から雨のように落ちてくる爆弾《ばくだん》。腕《うで》や頭から血を流している人たち。はだかの死体の山……。

ヒカルのおばあさんが実際に見た光景なのだろう。珠子は気持ちが悪くなって目をそむけた。

それにしても、なんでこんな話に？　急に足もとが寒くなってきた。

「おばあちゃん、戦争を憎《にく》んでた。地球上から戦争をなくしたいって、いつも言ってた。でも、今年の春におばあちゃんが死んだとき、はじめて歳《とし》を知って……六十八歳《さい》だったんだ」

そこでヒカルはだまった。下くちびるをかんでテーブルを見つめているヒカルに、珠子はとまどいながら、そっと声をかけた。

「羽村《はむら》さんの気持ち、わかるよ。もっと長生きしてくれたらよかったのにね」

「ううん、そういうんじゃない」

「えっ？」

「おばあちゃんは戦争のあとに生まれたんだ」

「……………」

「わからないかな。おばあちゃんは直接、戦争を体験してなかったってこと」

「えっ？」

「それであたし、裏切《うらぎ》られた気分になって、なにを信じていいのかわからなくなった。不良になって、勉強しないでぶらついて……。そしたらシラベさんに会った」

「えっ？」

「桃沢《ももざわ》さん、さっきから『えっ？』ばっかり」

「だって……」

あまりにも突飛《とっぴ》すぎて、頭の整理が追いつかなかった。

ヒカルが家出した理由はわかった。じゃあ、なぜヒカルのおばあさんはウソをついたの？　防毒マスクの話は？　タンポポの葉のおかゆは？　おそろしい紙芝居《かみしばい》はいったいなんのために？

珠子《たまこ》がたずねると、ヒカルは頰《ほお》づえをついてため息をこぼした。

「たぶん、昔話として孫に戦争を語っても、伝わらないって思ったんじゃないかな。自分が体験したように話したほうが迫力《はくりょく》出るでしょ」

「えっ？」

「ほら、また、『えっ？』って言った」

「だって、そんなの……」

「へんだと思うよ。だから、あたし、お母さんにきいてみた。そうしたら、こう言ったんだ。『ひいおじいちゃんは戦場から帰ってきてから心の病気になって、おばあちゃんは苦労した』って。『おまけに、おばあちゃんの夫は早死《はやじに》して、わたしもあんたがお腹《なか》にいるときにお父さんと別れた』って。ようするに、おばあちゃんはそういうことを全部ひっくるめて、不幸のもとになった戦争がイヤでイヤでしょうがなかったんだ」

「ひいおじいちゃん以外は戦争と関係なくない？」

「うん。でも、おばあちゃんの中ではつながってるんだって。見えない黒い糸が見えたんだって」

珠子は床《ゆか》を見つめた。羽村《はむら》さんのおばあさん、おかしいよ、と思ったけど、言わなかった。だって、ヒカルは自分から「へんだと思う」と言ったから。

自動掃除機《そうじき》が開いた引き戸のすきまを通りぬけて、となりの部屋に入っていった。珠子《たまこ》は体をねじって自動掃除機の行方《ゆくえ》を目で追った。窓《まど》の横に防毒マスクをかぶったクマのぬいぐるみがおいてあった。自動掃除機はクマの前でびっくりしたようにくるくる回って急停止。低い機械音がやんだ。

「おばあちゃんがあたしにウソついたこと、今もゆるしてない。でも、このごろ思うんだ。おばあちゃんが『戦争はまだつづいてる』って言ったことは、本当かもしれないって」

珠子は「えっ？」と言って前に向きなおった。

「じゃあ、桃沢《ももざわ》さんにきくけど、なんで日本には軍事基地がいっぱいある？　なんで海の向こうの国は日本にミサイルを飛ばそうとしてる？」

「……そうなの？」

「桃沢さんはニュース見ないんだ？」

「……うん。でも、たぶん、だいじょうぶだと思うよ」

「『だいじょうぶ』ってどうして？　世界中でテロが起きたり、戦争で家をなくして難民《なんみん》になったりしてる人たちが現実にいるんだよ。そういうことが日本ではぜったいに起きないってどうして言える？　自分はだいじょうぶって、どうして自信を持って言える？」

ヒカルがたたみかけてきたので、珠子はしどろもどろになった。

「それは……そんなの、わかんないよ」

「桃沢さんはわかんないままで生きていける。でも、あたしはのんきでいられない。考えなくちゃいけないんだ。だって、おばあちゃんが言ってた。『なにか悪いことが起きたとき、うちみたいな貧乏《びんぼう》で不幸な家族が真っ先に殺されたり、難民《なんみん》になったりする』って。今、世界中で苦しんでる人たちは、明日のあたしなんだ。だから、あたし、日本を出てアメリカに行きたい。大統領になって世界を変えたい！」

――大統領。

そうだ。どうしてヒカルはアメリカの大統領になりたいんだっけ？

質問の答えがぐるりと一周して、ようやくかえってきた。

「日本人はアメリカの大統領になれないと思うよ」

「うん、今はね。でも、近い将来《しょうらい》、移民でも大統領になれる日がかならず来る」

ヒカルは断言すると、大統領になるまでの道のりを淀《よど》みなく語った。その壮大《そうだい》な計画のスタートが、難関《なんかん》中学への入学だった。

「どうしてアメリカなの？」と珠子《たまこ》がたずねたら、「ほかの国が経済《けいざい》でアメリカより優位《ゆうい》に立っても、世界に与《あた》える影響力《えいきょうりょく》ではアメリカにかなわないから」と即答《そくとう》した。

「大統領になったら、戦争のない世界を作りたい。すべての国境をなくして、地球をひとつの国にしたい。不幸な人がもっと不幸に、貧しい人がもっと貧しくならないようにしたい。世界があたしを置きざりにするつもりなら、ダッシュして先頭に立ってやる」

ヒカルは壁《かべ》の向こうを射貫《いぬ》くように見つめた。

活火山のようなパワーに珠子は圧倒《あっとう》されながら、「でも……」と言葉をつづけた。

「羽村《はむら》さんちって、やっぱり貧乏《びんぼう》な感じがしない。さっきも言ったけど、うちよりきれいにしてあるし」

「見えているものだけで判断しちゃだめだよ。うちのお母さんの財布《さいふ》がからっぽになっても、桃沢《ももざわ》さんは気づかないでしょ。あたし、本当はマドックなんて行けない。たまたま塾長《じゅくちょう》のおかげで行かせてもらえただけ。桃沢さんちとはちがうんだよ」

「じゃあ、あの、あのね……」

珠子は呼吸《こきゅう》を整えてからひと息に言った。

「わたしのことも見えてるものだけで判断しないで。マドックに通えても、わたしみたいに勉強ができないと、真剣《しんけん》になれないっていうか……。できる子たちの中にいると、自分だけだめな子に思えてきて、それで、なんていうか……モヤモヤしてる、ずっと」

珠子が気持ちを打ちあけると、ヒカルは「桃沢さんは受験に興味がないんじゃない？でも、お金があるからできる。杏《あん》やアマゾンツノガエルと同じく」と言った。

「……やっぱり、わたしはだめなんだ」

「だめじゃない。でも、お金はチャンスなんだよ。夢をかなえたり、自分を変えたりするチャンスはお金があるから得られるんだよ。そもそも、桃沢さんがうちみたいな貧乏《びんぼう》だったら、あたしたちは知りあえなかったわけだし」

「そんなことない」

「ううん、大いにある。桃沢さんはまだ目覚めてないんだ。チャンスが目の前にあるのに、素通《すどお》りしようとしてる。そんなのもったいないよ」

珠子はゆっくりと顔を上げた。

「……じゃあ、目覚めたら変われるかな」

「うん。なりたい自分に変われるよ。あたしはそう信じてる。そうでなくちゃ、今を生きてる意味なんてないよ」

ヒカルのまっすぐな思いが珠子《たまこ》の胸《むね》に深くささった。まるで熱い手で心臓《しんぞう》をつかまれたような感じがした。小さなリンゴをやさしく包みこむように、でも、けっして落ちてしまわないようにしっかりと。

「やだなぁ、アップルパイになっちゃうよ」

珠子が目頭《めがしら》をこすると、ヒカルは「へんなの」と笑った。

外に出ると、雨がやんでいた。

マンションの階段《かいだん》を下りて歩道にふみだそうとしたら、左から買い物袋《ぶくろ》をさげて歩いてくる女の人を見て、ヒカルが「あ、お母さん」とつぶやいた。

ヒカルは立ちどまっている珠子の腕《うで》をつかんで、母親を避《さ》けるように右方向に進んだ。

そして、駅に向かって大通りを歩き、美竹公園に行く道との交差点までついてきてくれた。

珠子が帰宅《きたく》したのは、七時すぎだった。

母親は夕食の支度《したく》をしながら珠子の帰りを待っていた。

「おかえり。おそかったね。雨、だいじょうぶだった？」

「うん。でも、ふつうの授業のときはもっとおそいでしょ」

「そうだけど……。ママもさっきお店から帰ってきたところ」

「ふーん」

テレビのニュースに外国の町が映《うつ》っていた。迷彩服《めいさいふく》の兵士たちが、がれきの中を歩いている。その様子を見つめながら、珠子がヒカルとヒカルのおばあさんのことを考えていたら、ふいに大きな声がした。

「ちょっと、珠子！　きいてるの？」

「えっ、なにか言った？」

珠子がふりかえると、母親がキッチンで細長いパンをかかげていた。

「だから、おなかすいたでしょって言ったの。ごはんができるまで、バゲットかじってる？」

珠子の両親は駅の近くで「ペッシュ」というパン屋をやっている。店の一番人気はクロワッサン。一個五百円もするのに飛ぶように売れていく。近々支店を出す予定で、父親はその準備で毎日帰りがおそかった。

「ううん。先にお風呂《ふろ》、入ってくる」

珠子はよごれた靴下《くつした》を隠《かく》しながらリビングダイニングを出た。洗濯機《せんたくき》の奥に靴下をつっこんだあと、浴室のハンドルをめいっぱいひねってシャワーをあびた。

——すごい子と友達になっちゃったなぁ。

珠子《たまこ》のまわりには、やさしい友達もいれば、おもしろい友達もいる。ちずのように毒舌《どくぜつ》の友達や、杏《あん》のようにきれいな友達だっている。

今日、尊敬《そんけい》できる友達ができた。その子と夢や世界について語りあった。

「桃沢《ももざわ》さんはどう変わりたいの？」

帰り道、ヒカルが珠子にきいてきた。「スタイルがよくなって、顔もかわいくなって、羽村《はむら》さんみたいに頭がよくなりたい」が本音だったけど、最後の夢だけ答えた。するとヒカルは「己《おのれ》の成功は戦略と実行あるのみ」と戦国武将《ぶしょう》のようなことを言った。

珠子は入浴と夕食を手早くすませると、ヒカルが教えてくれた受験勉強のための基本戦略、その名も「必勝！　ひみつ道具作戦」をメモ帳に書きとめた。

★作戦1〈あらかじめ日記〉
朝起きたら、その日やることをノートに書く。
★作戦2〈暗記パン〉

食事の前に漢字や地名など暗記系《けい》をマスターする。覚えるまで食事に手をつけない。
★作戦3〈人生やりなおし機〉
まちがえた問題は透明《とうめい》ラップに書いて風呂場《ふろば》にはっておく。覚えるまではがさない。


メモ帳をとじると、塾《じゅく》で解けなかった算数の問題を透明ラップに書いて風呂場の壁《かべ》にはった。それから、問題文と解き方を早口で三回暗唱した。

——新しい自分になるために、毎日がんばるぞ。

ドアに手をかけたそのとき、床《ゆか》がざらっとした。

「あ、砂《すな》……」

珠子は白いタイルにちらばった砂を見つめて口もとをゆるませた。

別れぎわ、来週の水曜日にヒカルと砂像《さぞう》を作る約束をした。

砂でなにかを作るなんて、久しぶりだ。

# 4 ペンギンとキメラ

日曜日、珠子《たまこ》はさっそく〈あらかじめ日記〉に今日の予定を書いて、そのとおりにやってみた。

今朝の〈暗記パン〉は、地図記号。

全部覚えたときには、トーストがかたくなっていた。

午前中は学校の宿題をやって、午後から塾《じゅく》の宿題にとりくんだ。

漢字。ことわざ。体積。てこと滑車《かっしゃ》。水溶液《すいようえき》の濃度《のうど》の計算……。まちがえるたびに、透明《とうめい》ラップに問題と答えを書きうつして風呂《ふろ》場《ば》の壁《かべ》にはりに行った。とちゅうで部屋と風呂場を行き来するのがめんどうになって、脱衣所《だついじょ》の床《ゆか》で勉強した。〈人生やりなおし機〉は骨《ほね》が折れた。

翌《よく》月曜日は塾だったので、珠子はますますいそがしくなった。

〈あらかじめ日記〉のとおりに予定をこなしたら、夜中の一時をすぎていた。

火曜日の夜、うつらうつらしながら宿題をやっていたら、突然《とつぜん》、大きな音がした。

「鉄砲《てっぽう》の音⁉︎」

珠子はびっくりしてカーテンを開けた。

遠くの夜空がピンクや黄色の光に染《そ》まっていた。

「なんだ、打ち上げ花火か」

手前の建物にさえぎられて、花火そのものは見えないけれど、夏になると野球場で花火を上げているのを珠子は思いだした。

——鉄砲《てっぽう》の音だなんて……。ばかみたい。

珠子はカーテンをしめて、机《つくえ》に向きなおった。


水曜日が来た。ヒカルと約束した砂像《さぞう》作りの日だ。

進秀学舎《しんしゅうがくしゃ》の授業をおえた珠子は、ちずといっしょに足取り軽くマドックに向かった。

「珠子《たまこ》ちゃん、『ジョゼフィーヌの娘《むすめ》』はただの恋愛《れんあい》話じゃなくて、謎《なぞ》解《と》きもあるから楽しめるよ。最後にどんでん返しがあって、ジョゼフィーヌのブローチを盗《ぬす》んだ本当の犯人は……」

ちずは宝山歌劇団《たからやまかげきだん》のファンだ。珠子はちずがDVDで観《み》たというお芝居《しばい》の話をききながら、マドックがおわったあとのことを考えていた。

「ジョゼフィーヌの恋人役《こいびとやく》は、わたしの大・大・大好きな月組の笹風流斗《ささかぜりゅうと》さんなの。……あっ、流斗様！　珠子ちゃん、この人が笹風流斗さんだよ！」

ちずはコンビニの前で立ちどまると、窓《まど》ガラスにはられた舞台《ぶたい》公演のポスターを指さした。独特なメイクの流斗さん。珠子はこの前会った葉真《ようま》のほうが口の悪さはともかく、顔だけならかっこいいと思った。

――葉真、今日もいるかなぁ。

もしも、葉真が流斗さんみたいなメイクをしていたら……。

「わぁ、キモッ」

「はい？」

「あっ！　じゃなくて、ジュートさんかっこいいね」

「珠子ちゃん、今、なにかへんなこと想像してたでしょ？　それにジュートさんじゃなくて、リュートさん！　珠子ちゃんって、ひとりで笑ったりするよね。へんだからやめたほうがいいよ」

「ごめん……。あっ、コンビニよっていい？　眠気覚《ねむけざ》ましになんか買いたい」

珠子があくびをすると、ちずは「また例の病気？　昨日の夜、なにか作ったんでしょう？」と笑った。

「ううん、勉強」

「ほんとに？　珠子ちゃんが？」

珠子はちずの毒舌《どくぜつ》をさらりと受けながして、「そう。がんばることにしたの」と力こぶを作った。

コンビニに入ると、エアコンががんがんに効いていた。とけかかった脳《のう》みそがシャキンとする。飲み物をさがそうと奥《おく》に進んでいくと、お弁当コーナーにヒカルがいた。足の間に風呂敷《ふろしきづつ》包みをはさんで、両手に持ったふたつのお弁当を真剣《しんけん》な表情で見つめていた。

「羽村《はむら》さん」

「ああ。これから授業？」

「うん。羽村《はむら》さんは？」

「もう終わった。この前の約束、覚えてる？」

「もちろん！」

「じゃあ、あたし、自習室にいる。シラベさん、日本に帰ってきたんだって。葉真《ようま》はサッカーの練習だし、今日はラッキーデーだ」

ヒカルは声をはずませてそう言った。

――なぁんだ、葉真は来ないのかぁ。

珠子《たまこ》はがっかりした。いやなヤツだけど、ライオンの砂像《さぞう》はもう一度見てみたかった。

「これ、持ってて」

珠子はヒカルがさしだした弁当を受けとった。

三色そぼろ弁当とバターチキンカレー。

カレー弁当のほうが見た目は地味なのに、百八十二円も高い。

ヒカルはリュックからノートを出すと、ペンギンの絵を珠子に見せた。

「これ、砂像で作ってみない？」

「かわいい。わたし、ペンギン大好き」

「これはアデリーペンギン。調べたんだ。形がシンプルだから、作りやすいと思う」

「珠子ちゃん、なにしてるの？」

ちずが珠子たちのほうに近づいてきた。珠子の手もとを見て、眉《まゆ》をきゅっと上げた。

「ついにお弁当のおかわり？　珠子ちゃん、ひとつじゃ足りなくなったの？」

「ううん。これは羽村さんのだよ」

珠子はヒカルにお弁当を返した。すると、ヒカルがぼそっとつぶやいた。

「『バターチキン』っておいしそうな名前。名前だけでごはんがすすみそう」

「アハッ、それはないでしょ」

珠子が笑うと、ヒカルもちょっぴり笑ってカレー弁当を棚《たな》にもどした。

「じゃあ、あとで」

「うん」

ちずが珠子のほうに体をよせてきて、「『あとで』ってなんのこと？」とたずねた。

珠子は「ちずちゃんもなにか買ったら？」とはぐらかして、飲み物コーナーに向かった。

マドックの休憩室《きゅうけいしつ》は昼食中の生徒たちで混雑していた。

一番後ろの長机《ながづくえ》に杏《あん》がいたので、珠子《たまこ》とちずはその横にすわってお弁当をひろげた。

「なんか、夏って感じがしないなぁ」

杏がアイスカフェオレの容器をふりながらつぶやいた。指先に桜貝のようなネイルが光っている。

「夏休みはハワイの別荘《べっそう》ですごすんだ。でも、今年はわたしとお母さんは居残り。お姉ちゃんとお父さんだけで行っちゃった」

杏はスマホをつかむと、珠子とちずのほうに画面を向けた。

「この服、どっちがいいと思う？」

画面には黒と水色の二種類のサマードレスが映《うつ》っていた。首の後ろでひもを結ぶようになっていて、背中《せなか》の部分がぱっくり開いている。値段《ねだん》は四千八百円だった。

——あっ、バターチキンカレーの十倍だ。

珠子はコンビニでのやりとりを思いだした。

もしかしたら、ヒカルは本当はカレー弁当を食べたかったのかもしれない。

でも、財布《さいふ》の中身を心配して三色そぼろ弁当にしたのだとしたら……。

笑った自分。自分に合わせて笑ったヒカル。

珠子は急にはずかしくなって、イチゴ牛乳《ぎゅうにゅう》をぐいっと飲みほした。

「珠子ちゃんはどっち?」

「……あ。えっと、水色」

「よしっ、決めた」

杏が画面の決定ボタンをおした。同時に、ちずの片眉《かたまゆ》がはねあがった。

「えっ。杏ちゃん、本当に買ったの?」

「親にオーケーもらってるから大丈夫《だいじょうぶ》。わたし、ほしいと思ったらすぐに買うの。ひとつぐらい自分の思いどおりになることがないと、ストレスたまっちゃうでしょ」

「杏ちゃんちってお金持ちなんだね。わたしなんてスマホもまだ買ってもらえない。いまだに子ども携帯《けいたい》だよ」

ちずはため息まじりに言って、唐揚《からあ》げにフォークをつきさした。

「そうそう、杏ちゃんきいて。さっき、コンビニで珠子ちゃんと羽村《はむら》さんがしゃべってたんだけど、珠子ちゃん、なにを話してたのか教えてくれないんだよ」

「べつに隠《かく》してないよ。えーとね……」

珠子はこの前のできごとを話した。砂像《さぞう》のこと。葉真《ようま》のこと。黄金のシャベルをめぐる対決のこと。ヒカルのマンションに行って、服をかわかしたこと。

杏《あん》がびっくりした顔をして、「羽村《はむら》ヒカルの家に行ったの？」と言った。

「うん」

「珠子《たまこ》ちゃんて見かけによらず大胆《だいたん》。この前も言ったけど、羽村ヒカルってすごい変わり者だよ。うちの学校にヒカル伝説、エピソード五十まであるよ」

ちずが「なにそれ？　教えて！」と身を乗りだすと、杏は指を折りながら説明した。

「入学式のときに防毒マスクを持ってきたことでしょ。下校中に道ばたのタンポポを食べてたことでしょ。七夕の短冊《たんざく》に『アメリカの大統領になる』って書いたことでしょ。それから……」

ちずが「大統領⁉」と声をはりあげたので、生徒たちがいっせいにふりかえった。

杏は声のボリュームを落として、「それから、朝の読みきかせの時間にヒカルのおばあさんが読んだ紙芝居《かみしばい》のせいで、全員気分が悪くなったことでしょ。ほかにもいっぱいあるよ」と言った。

「防毒マスクとか大統領とか、やばくない？　天才って変わり者が多いっていうけど、羽村さんもその手のタイプなんじゃない？」

「そう、それよ！　それとね、学級会で美化キャンペーンのスローガンを投票で決めようとしたら、ふたつの候補《こうほ》が同点になったの。こういう場合、話しあうとか、投票しなおすとかするじゃない？」

「うん、うん」

「でも、学級委員のヒカルが独断で決めちゃって、落選した子のグループが陰《かげ》でヒカルのことを『独裁者《どくさいしゃ》』って呼《よ》ぶようになったの」

「へえー。たぶん、羽村さんは頭がいいから、自分が一番正しいって勘違《かんちが》いしてるんだよ。そんな人が大統領になったら、やばいよね」

「うん、独裁《どくさい》国家になっちゃう」

ちずと杏が声をひそめて笑った。そんなふたりを珠子はぼんやりと見つめて思った。

――わかってないなぁ。

見えているものだけで判断してはいけない。

ふたりは本当のヒカルをなにもわかってない。そして、わたしもまだ……。

「結局、黄金のシャベルはどうなったの？」

杏が珠子を見た。珠子は長机《ながづくえ》に視線《しせん》を落とした。

「奪還《だっかん》できなかった。葉真《ようま》って子がふたごの弟といっしょにシャベルを持って帰っちゃったの」

「っていうか、なんでヒカルは砂遊《すなあそ》びなんかしてたの？」

「砂像《さぞう》は砂遊びとはぜんぜんちがうんだから」

珠子《たまこ》がむきになって言うと、杏《あん》は「どうちがうの？」ときさかえした。

「どうって言われても……。わたしも今日はじめてやるからわかんない」

ちずがニヤニヤしながら、「へえ、珠子ちゃんもやるんだ？」と言った。

「うん。ちずちゃんも来る？」

「ううん。わたしはいい」

ちずが拒否《きょひ》したそばで、杏が「行ってみようかな」とつぶやいた。

「えっ、杏ちゃんが？　授業はどうするの？」

「今日はもう終わった。二時からママといっしょに面談があるから、ここで待ってるの。……ちょっとトイレ、行ってくる」

杏は赤いタンクトップの上に白いカーディガンをひらりとはおって立ちあがった。珠子が「本当に来るの？」とたずねると、杏はにっこりしてうなずいた。

「うん。三者面談がおわったら、ここで待ってる。あのヒカルが夢中になってるものを見てみたいの」

珠子は授業がおわると、急いで自習室に行った。

でも、ヒカルはいなかった。休憩室《きゅうけいしつ》をのぞいたら、杏もいない。廊下《ろうか》を歩きながらヒカルの携帯《けいたい》に電話しようとしたら、エレベーターホールの前にヒカルと杏がいた。

「コンビニに買い物に行ったら、カフェスペースにヒカルがいたんだ。で、さっきまでいっしょに自習室で勉強してたの。さ、行こっ」

杏はそう言うと、エレベーターのボタンをおして、一番先に乗りこんだ。

珠子はヒカルと顔を見合わせた。ヒカルはなにか言いたげに眉《まゆ》を動かした。

猛暑《もうしょ》の中、珠子、ヒカル、杏の三人で、肩《かた》をならべて公園に向かった。

「あー、暑い。かき氷、食べたくない？」

「うん」

「ヒカル、学校の宿題やってる？」

「もうおわった」

「はやっ。さすがだね。わたしもそろそろやらなくちゃ」

ついさっき、ヒカルの悪口を言っていた杏《あん》がふつうにヒカルに話しかけて、ヒカルもふつうに受け答えしていた。ふたりはべつに仲が悪いわけじゃないらしい。珠子《たまこ》はへえ〜と思った。

美竹公園に到着《とうちゃく》すると、珠子たちは脇目《わきめ》もふらずに砂場《すなば》を目指した。クリーム色の壁《かべ》の向こうに、大きな砂山と見覚えのある後ろ姿《すがた》が見えた。

――葉真《ようま》だ！

気分がはねあがった。憎《にく》たらしいはずなのに、なぜか珠子の心は明るくなった。

杏とヒカルが、「あの山、めっちゃデカッ！」「なんで葉真がいるんだ！」と同時に声をあげた。

葉真は黒いシャベルですくった砂を砂山のてっぺんに放って、「いちゃ悪いかよ」と壁ごしにヒカルをにらんだ。

葉真の弟たちがやってきた。ふたりでひとつのバケツを持って水を運んでいる。ズボンがびしょぬれだ。

「あっ、ハムとタマゴだ！」

「仲間をつれて仕返しに来たんだ!」

羽衣音《はいね》と愛衣音《あいね》のあとにつづいて、珠子たちも砂場の中に入った。

ヒカルが「シラベさんは?」と葉真にたずねた。

「家で寝《ね》てる」

「じゃあ、黄金のシャベルのこと、言ってくる」

「やめろよ。あの人、二週間も炎天下《えんてんか》で作業して日射病寸前《にっしゃびょうすんぜん》なんだぞ。いつものことだけど」

「だったら、シャベルを返せ」

「やだね」

「それが黄金のシャベル?」

杏がふたりの間に割《わ》って入って、葉真の黒いシャベルを顎《あご》で指した。

「うん」

「どこが黄金? ただのシャベルじゃない」

「おまえ、だれ?」

「わたしは橋本杏。あなた、共同で借りたものをひとりで使ってるんだってね。だったら、もう一度砂像《さぞう》で勝負して、どちらに権利《けんり》があるかはっきりさせたらどう？」

杏《あん》の堂々とした態度に圧倒《あっとう》されて、葉真《ようま》は首を縦《たて》に二回ふった。ヒカルが「勝手に決めないで。今日は桃沢《ももざわ》さんといっしょに砂像を作る約束をしたんだから」と杏をにらんだ。

「じゃあ、ふたりペアで作りゃいいじゃん。オレはひとりでやる。黄金のシャベルも貸してやる」

「桃沢さん、どうする？」

ヒカルと葉真が珠子《たまこ》を見た。

――どうしよう。

砂像を作ったこともないのに、いきなり対決だなんて……。

自分のせいでヒカルがまた負けるかもしれない。そう思うと、珠子は首を横にふっていた。

「わたし、審判《しんぱん》でいい」

「でも、作りたいんでしょ」

「ううん、今度でいい」

「そんなこと言って、明日ここにミサイルが落ちたらどうする？」

またた、と珠子は思った。ヒカルの家に行ったときの、ヒカルのおばあさんと戦争の話がよみがえってくる。

「羽村《はむら》さん、ミサイルなんて大げさだよ」

「世の中、いつなにがおこるかわからないんだよ。チャンスを簡単《かんたん》に逃《のが》す人は、永遠にほしいものが手に入らないんだから。桃沢さん、やるなら今だ」

珠子はうつむいた。心の動揺《どうよう》に合わせるように靴底《くつぞこ》が砂《すな》にうもれていく。

——このままじゃいけない。自分を変えなくちゃ……。

「わかった」

顔を上げた珠子に、ヒカルは力強くうなずくと、首にかけたタオルを頭にまきつけた。

「さあ、はじめよう」

珠子はヒカルに教えてもらいながら、砂山作りにとりかかった。

まず、四枚《まい》の長い木の板を砂につきさして四角形を作った。その中に砂と水を交互《こうご》に入れて砂山を築いていく。

「桃沢さんは青いシャベルを使ってみて」

ヒカルに言われたとおり、珠子は青い柄《え》のシャベルで砂をすくって、木枠《きわく》の中に放った。

三度、四度とシャベルをふりあげているうちに、腕《うで》が痛《いた》くなってきた。

「今度はこっちを使ってみて」

ヒカルが黄金のシャベルをさしだした。珠子《たまこ》は青いシャベルをヒカルにわたして、黄金のシャベルの取っ手をつかんだ。

――あっ、軽い。

シャベルのすくう部分に片足《かたあし》をのせて砂《すな》をすくいあげると、全体がふわりと持ちあがった。綿毛のような軽さと言ったら大げさだけど、その瞬間《しゅんかん》、珠子は本当にそう感じた。

「こっちのほうが軽いし、なんか使いやすい！　だから、黄金のシャベルなんだね！」

「うん。シラベさんが外国で買ったシャベルを砂山制作用に改造したんだ。柄《え》を短くして、スコップの曲がり具合をなおしたって言ってた」

「へえ～」

「あたし、この青いシャベルは『筋《きん》トレシャベル』って呼《よ》んでる。だって、重いから筋肉ムキムキになりそうなんだもん。大きな砂山を作るには黄金のシャベルが一番なのに、あいつが返さないから……」

ヒカルは青いシャベルで砂をすくいながら、壁《かべ》ぎわで休憩中《きゅうけいちゅう》の葉真《ようま》をにらんだ。

木枠《きわく》の中に砂がほどよくたまったところで、水をまいた。きゅっと縮《ちぢ》まった砂の上に、また砂を入れる。砂山の高さが木枠からすこし超《こ》えたところで、珠子とヒカルは木の板の両端《りょうたん》をつかんで慎重《しんちょう》にはずした。

「わぁ、できた！　大きな大きな砂のとび箱の完成！」

「喜ぶのはまだ早い。桃沢《ももざわ》さん、勝負はこれからだよ。……あ、シャベルはそのへんにさしておいて。砂像《さぞう》を作るときは、もっと小さい道具を使うから」

「うん、わかった」

葉真がひょいっと立ちあがって近づいてきた。剣《けん》をぬくようにウェストポーチからヘラを出して、ヒカルと背後《はいご》にひかえる珠子と向きあった。

「いつもどおり、制限時間は一時間」

ヒカルも錆《さ》びたテーブルナイフをかまえて葉真をにらんだ。

「妨害《ぼうがい》しないこと。くずれたら、その時点で負け」

「今日はなに作るんだ？」

「ペンギン。どうせあんたはライオンでしょ」

「さあ、どうかな」

「フンッ」

羽衣音《はいね》が腕《うで》をふりあげて、「葉真《ようま》対ハムとタマゴの対決、スタート!」とさけんだ。

ヒカルはペンギンの絵を珠子《たまこ》に見せて手順を説明した。

「最初にあたしが頭の部分を作るから、タマ……桃沢《ももざわ》さんは胴体《どうたい》を作って」

「わかった。珠子でもタマゴでも、どっちでもいいよ」

「じゃあ、タマゴね。あたしも羽村《はむら》でもヒカルでもハムでもなんでもいいから」

「じゃあ、ハムちゃんがいい」

ヒカルはうなずくと、砂山《すなやま》の角をテーブルナイフでけずりはじめた。ザクッ、ザクッと小気味よい音に合わせて、ぼた雪のような砂が落ちていく。

指揮者《しきしゃ》のように定位置で腰《こし》をすえて砂をけずっていくヒカルとは対照的に、葉真はチョウのように動きまわりながら砂をけずった。その様子を愛衣音《あいね》がタブレットで撮影《さつえい》し、羽《は》衣音《いね》は砂場の片隅《かたすみ》で泥団子《どろだんご》作りに精を出した。杏《あん》は砂場の外の木陰《こかげ》で、珠子たちの様子を見ていた。

珠子はヒカルが描《か》いたペンギンの絵を見ながら、どうやってけずるか考えた。

——胸《むね》がぷっくりとふくらんでいるところがかわいいなぁ。翼《つばさ》のカーブはむずかしそう。

ヒカルが「はい、タマゴの番」とテーブルナイフをさしだした。珠子はそれを受けとって砂山におしあてた。父親がひげをそるときのように、上から下に向かってザリリと動かす。

「なんか、なんていうか、おもしろいっ！」

砂をけずる。ただそれだけなのに心がおどった。

はらはらと落ちていく砂が、パン作りの小麦粉と重なった。

「砂がくずれないように、すこしずつ、慎重《しんちょう》にけずる。けずりすぎても、そこであきらめない。サイズを小さくすればいいから」

「わかった」

胸《むね》から足もと。右の翼《つばさ》。左の翼。そして背中《せなか》へ。

いつのまにかヒカルがビーチサンダルをぬいでいた。珠子も靴《くつ》と靴下をぬいだ。

「わぁ、冷たーい」

蒸《む》れた足裏《あしうら》がしめった砂にくっついて気持ちがいい。

珠子は腰《こし》を落として砂をけずった。素足《すあし》だと安定感があって作業がしやすかった。

フォークで翼《つばさ》に模様《もよう》をつけていたら、ヒカルが「タマゴ、なにしてるの？」と言った。

「水族館に行ったとき、ペンギンをさわったの。そうしたら、羽の毛がざらざらしてたんだ。実はペンギンってサメ肌《はだ》なんだよ」

「へえ、おもしろい。フォークだと線が太すぎるから、櫛《くし》でやったほうがいいと思う」

「わかった」

珠子《たまこ》はフォークから櫛《くし》に持ちかえて、髪《かみ》をとかすように砂《すな》の表面をけずった。

――ペンギン、翼《つばさ》、ペンギン、翼、ペンギン、翼、ペンギン、翼……。

細かい線がどんどん増えていく。

照りつける太陽が白くとけていく。

ふきだす汗《あせ》も、耳ざわりなセミの声も、勉強のことも、全部とけて消えていく……。

カウントダウンの声がきこえてきた。珠子が我《われ》に返ると、ヒカルがすぐそばにいた。

「五、四、三、二、一、終了《しゅうりょう》！」

「タマゴの初作品の完成だね」

「うん。できたできた！　上出来！」

そのとき、葉真《ようま》が「あっ、シラベさんだ！」とさけんだ。

砂場をかこっている壁《かべ》の切れ目に、野球帽《やきゅうぼう》をかぶった男の人が立っていた。日焼けした顔は頰《ほお》がげっそりこけていて、目は半分とじている。まるで山火事のあとに残った一本の枯《か》れ木みたいだ。

葉真が「シラベさーん、審判《しんぱん》やって！」とさけぶと、男の人は組んでいた腕《うで》をほどいた。黒いズボンのポケットに片手《かたて》をつっこんで、のそりのそりとこちらに近づいてくる。

「よぉ」

葉真がさしだした手を、シラベさんはがっちりにぎった。もそっとした低い声。若《わか》いような、珠子の父親よりも老《ふ》けているような……年齢不詳《ねんれいふしょう》だ。

葉真は砂につきさしてあった黄金のシャベルをつかんだ。

「オレたち、シラベさんのシャベルの所有権《しょゆうけん》をかけて対決してんだ」

「ちがう。借用権《しゃくようけん》だ」とヒカル。

「借用権かけて対決してんだ。どっちがうまい？」

羽衣音《はいね》が泥団子《どろだんご》をわたすと、シラベさんはまぶしそうに目を細めて砂像《さぞう》を見つめた。

「ペンギンとライオンかぁ」

葉真が首を横にふって、「ちがう、ちがう！　これ、ライオンじゃなくて、キメラ。伝説の猛獣《もうじゅう》。オレの新作だよ」と言った。

「ああ、キメラね。頭がライオンで、胴体《どうたい》がヤギで、しっぽがヘビってヤツね」

「そうそう」

ヒカルが「でも、頭しかないからライオンにしか見えない」と言うと、葉真《ようま》は「バーカ。ここにヘビのしっぽがあるだろ」とライオンの背中《せなか》を指さした。

「そんなの、たてがみの一部にしか見えない」

「ここにヤギの目玉もあるだろ」

「そんなの、たてがみをちょっと変形させただけじゃん。ね、シラベさん?」

「おまえの感想はどーでもいいんだよ。シラベさん、どっちがうまい?」

ヒカルと葉真につめよられたシラベさんは、無精《ぶしょう》ひげをなでながら、「んー、どっちがいいかときかれてもねえ」とのらりくらりとかわした。

珠子《たまこ》は自分たちの作品はなかなか悪くないと思っていた。とがったくちばしや、ちょっぴりたれぎみの目はかわいらしいし、櫛《くし》で表現した翼《つばさ》の模様《もよう》は時間をかけただけあってよくできていた。

葉真の作品はすごくうまいけど、ライオンをちょっといじくってキメラと言いはるのは、かっこ悪いと思った。

「強《し》いて選ぶとすれば、こっちかなぁ」

シラベさんが前に出ようとしたそのとき、木陰《こかげ》にいた杏《あん》が小走りで砂場《すなば》に入ってきた。

ペンギンの頭からトゲのようにつきだした小枝を指さして、

「ここになにかささってるよ」

と先っぽを引っぱった。

「あっ……」

砂雪崩《すななだれ》が起きた。

糸がぬけたビーズのように、砂像《さぞう》が一瞬《いっしゅん》にしてほどけた。

「うそ……」

珠子はその場にこおりついた。頭の中が混乱《こんらん》して、なにが起きたのかわからない。

杏の悲鳴が遠くできこえた。

葉真が空に向かって持ちあげた黄金のシャベルもぼんやりと見える。

一瞬《いっしゅん》のできごとのあと、残ったのはペンギンの足だけだった。

――せっかく作ったのに。こんなの、ないよ……。

珠子は葉真とふたごの弟たちが体をぶつけあって喜びを爆発《ばくはつ》させている姿《すがた》から目をそむ

けた。くずおれてしまいそうになるのを必死でこらえていたら、左手にざらざらした感覚がひろがった。

視線《しせん》を落とすと、ヒカルが砂《すな》のついた手で珠子《たまこ》の手をにぎりしめていた。その手のぬくもりに心の蓋《ふた》がぱかっと開いて、おさえつけていた感情があふれた。

「あっ、タマゴが泣いてる！」

「こいつ、マジ泣きしてるし！」

ふたごが珠子を指さして笑った。ヒカルが砂を蹴《け》りあげてさけんだ。

「おまえたちなんか、ケンペーにつかまってしまえ！」

ヒカルの罵声《ばせい》と勝田《かつた》三兄弟の高笑いがスイカ色の空にのぼっていく。

珠子はキメラの砂像《さぞう》を見た。それからくずれたペンギンの砂像を見て、また泣いた。

# 5

# 動画と宣戦《せんせん》布告

珠子《たまこ》は朝から晩《ばん》まで勉強した。

美竹《みたけ》公園でのできごとを思いださないように、プリントやテストなおしに集中した。

土曜日、進秀学舎《しんしゅうがくしゃ》からちずといっしょにマドックに行くと、受付で杏《あん》に会った。

「珠子ちゃん、この前はごめんね」

「うん……」

「今、時間ある？　見せたいものがあるの」

休憩室《きゅうけいしつ》に行くと、ヒカルが問題集をひろげて勉強していた。珠子に気づくと、問題集をとじて杏を見上げた。杏が神妙《しんみょう》な顔をしてうなずいた。

「珠子《たまこ》ちゃん、この動画を見て」

杏《あん》は長机《ながづくえ》の上にスマホをおいた。動画を再生すると、黒い背景《はいけい》に黄色い文字があらわれた。『ヨーマXが砂像《さぞう》を作ってみた　キメラ対ペンギン編』と書いてある。

「ヨーマエックス⁉」と珠子がおどろくと、ちずが「……ってなに？」とたずねた。

「まあ、見てて」

杏がそう言った直後、画面の中に葉真《ようま》があらわれた。葉真の奥《おく》に珠子とヒカルの姿《すがた》もちらちら見える。

杏が説明した。

「昨日、動画配信サイトで見つけたの。ふたごのなんだっけ？　ハイネ？　マイネ？　アイネ？　とにかくどっちかが撮影《さつえい》したヤツだよ」

「え〜！」

葉真が砂像を作っている様子が流れた。シラベさんの登場シーンでは、「天才砂像アーティスト登場！　勝利はどっちだ⁉」というテロップが入っていた。

期待感を煽《あお》ったあとにあらわれたのは、こわれたペンギンの砂像だった。「な、なんと、ハムとタマゴが自爆《じばく》！」のテロップが重なる。

葉真と羽衣音《はいね》がキメラの砂像の前で体をゆらしながら、「今回も超楽勝《ちょうらくしょう》ウェ～イ！　負け犬コンビのハムとタマゴ！　やつらがかかってきても、パパンがパンでぶっつぶす。ウェ～イ！」とポーズを決めたところで動画が停止した。

「なにこれ？　ひどい……」

珠子は拳《こぶし》をふるわせながらヒカルを見た。ヒカルは先に動画を見ていたのだろう、おどろいた様子はなかった。ただ、切れ長の目がいつにも増して鋭《するど》かった。

「ねえ、ヨーマXってなに？」

ちずがたずねると、杏は「知らない。ユーチューバーを気取ってるんじゃない？　あいつ、ほかにもたくさん動画を投稿《とうこう》してるし」と言ってスマホをいじった。

「ほら、これ見てよ」

『ヨーマXが砂像を作ってみた』はシリーズになっていた。『戦うライオン編』、『眠《ねむ》るライオン編』、『たそがれるライオン編』などのタイトルがならんでいる。『ライオン対チーター編』というのは、おそらくヒカルと葉真が砂像対決したときの様子をおさめた動画だろう。

ちずが「ようするに、このヨーマXって子も砂像を作ってて、珠子ちゃんと羽村《はむら》さんは勝負したわけね」と言った。珠子《たまこ》たちはうなずいた。

杏《あん》がアイスティーの容器をにぎりしめて言った。

「わたしの顔が映《うつ》ってたら訴《うった》えてやろうと思ったけど、そのへんはうまく編集してあった。あいつ、バカそうに見えて案外頭がいいのかも……。珠子ちゃん、本当にごめん。ヒカルもごめん」

「もういいよ。わざとやったんじゃないんだし。どうせこわれるし」

ヒカルがそう言うと、杏は珠子をちらっと見て目をふせた。

――杏ちゃん、わたしのことを気にしてるんだ。

あのとき、まわりもかえりみずにとりみだしてしまったから。

でも、なんであんなに泣いたのだろう、と珠子は思った。砂像《さぞう》がこわれて悲しかった。負けてくやしかった。それだけじゃない、いろんな気持ち。でも、うまく言葉にできない。

「ねえ、きいて」

急に杏の声が明るくなった。

「砂像対決を提案したのはわたし。ヒカルたちが負けたのもわたしのせい。だから、黄金のシャベルをわたしからプレゼントします！」

珠子とヒカルはぽかんとして顔を見合わせた。

「あのシャベル、いくらだった？　ネットに似たようなのが三千円であったけど。どれだったかなぁ」

スマホでシャベルを調べはじめた杏を、ヒカルがにらんで言った。

「いらない。だって、あのシャベルは世界でたったひとつだけなんだから」

「でも、しょせんシャベルでしょ。ママに買ってもらうから気にしないで」

その瞬間《しゅんかん》、珠子は砂《すな》をかけられたような衝撃《しょうげき》を受けた。

お金で解決しようとする杏に対して、すごくいやな気持ちになった。

——そういう問題じゃない。ぜんぜんわかってないよ。

大事なシャベル。大事な砂像だったのに。

葉真《ようま》だって無神経だ。

勝田《かつた》三兄弟のあの高笑い。人をばかにしたようなラップの歌。

負け犬コンビ？　冗談《じょうだん》じゃない。

この怒《いか》り、どこにぶつければいいんだろう。いったいどこに……。

珠子は机《つくえ》の上に拳《こぶし》をドンッとおいた。

「シャベルはいらない。わたし、砂像《さぞう》を作りたい」

ちずが「えっ、またやるの？」と眉《まゆ》を上げた。

「うん。わたし、砂像作る。作りたいの。もう一度勝負して、葉真《ようま》に勝つ」

「やめときなよ。珠子《たまこ》ちゃん、テストとダイエットをがんばるって言ったじゃない。だいたい、砂遊《すなあそ》びなんて子どもっぽいし、不潔だし、ネコのフンとかも出てくるし……」

ヒカルがちずの言葉をさえぎった。

「じゃあ、あたしもやる。葉真を砂像でこてんぱんに負かしてやるしか、このくやしさは晴れないから」

「うんっ。ハムちゃん、やろう！」

「タマゴ、今度はぜったいに勝とう！　あたし、シラベさんに必勝法をきいてみる！」

ヒカルが携帯《けいたい》をつかんで休憩室《きゅうけいしつ》を出ていった。ちずがぼそっと言った。

「さっきから気になってたんだけど、珠子ちゃんと羽村《はむら》さんの呼《よ》び名、いつからハムとタマゴになったの」

「ん〜。……あっ、早く食べないと、授業はじまっちゃう」

珠子は弁当箱を開けると、鼻息荒《あら》くごはんをほおばった。

マドックのあと、珠子とヒカルが美竹公園に行くと、シラベさんが待っていた。

シラベさんは塾帰《じゅくがえ》りのふたりに気づくと、はにかむようにほほえんだ。この前より表情が明るい。今日は珠子の父親よりもうんと若《わか》く見える。

シラベさんは青い筋《きん》トレシャベルで砂をすくいあげると、珠子とヒカルのほうに顔を向けた。

「メッセージ読んだけど、葉真と勝負したいって？」

ヒカルがうなずくと、木枠《きわく》の中に砂を放った。

「この前、言いそびれたけど、この子は桃沢珠子《ももざわたまこ》さん。あたしはタマゴって呼《よ》んでる。あたしたち、どうしても葉真に砂像で勝ちたいんだ」

「なんで？」

「あいつのプライドをバキバキにへし折ってやるため」

シラベさんは口を大きく開けて笑った。肌《はだ》が黒々しているせいで、歯がいっそう白く見える。

「笑いごとじゃないよ。本当に頭にきてるんだから！」

「ヒカルがやらなくても、葉真《ようま》は毎度自分自身にへし折られてるよ」

「どういうこと？」

「まあ、それはいいとして、葉真はうまいぞ。そう簡単《かんたん》には勝たせてくれないよ」

「わかってる。だから、こうしてシラベさんにたのんでる」

シラベさんは口もとに笑《え》みをのこしながら作業をつづけた。木枠《きわく》に入れた砂《すな》の上にバケツで水をまいて、さらにその上に砂を重ねる。砂、水、砂、水……と同じ作業をくりかえしていたシラベさんが、ふいに「タマゴさん」と珠子《たまこ》に声をかけた。

「きみは砂像《さぞう》って知ってる？」

「えっ……」

知っているといえば、知ってる。でも、自信を持って言えるほどじゃない。珠子が笑ってごまかしたら、シラベさんはゆっくりと腰《こし》をかがめた。

「石で作るから石像。銅で作るから銅像。雪で作るから雪像。砂で作るから……」

「砂像」と珠子とヒカルは声をそろえて答えた。

シラベさんが砂をつかんだ。指の間から砂がほろほろとこぼれていく。

「砂像というのは、砂と水だけで作った彫刻《ちょうこく》なんだ。石も、銅もかたい。雪も圧縮《あっしゅく》すればかたくなる。でも、砂はどんなにかためてもくずれるし、乾燥《かんそう》すれば風に吹《ふ》きとばされる。だからこそ、砂選びが大事なんだ。砂像を作るなら、山砂《やまずな》がいい。砂つぶの間にまざった土が、つなぎになってくずれにくくなるから。海砂《うみずな》は海水に洗《あら》われてさらさらしているから、砂像には不向きだ」

「じゃあ、ここの砂は？」

珠子がたずねると、シラベさんは「公園の砂場はおおかた、川砂《かわすな》か海砂を洗浄《せんじょう》した『洗《あら》い砂《ずな》』ってヤツなんだけど、ここのはめずらしく山砂に近い砂だ」と答えた。

「砂像を作るには砂をかためないといけない。砂が自力で立てるのは六十センチまで。それ以上の高さにするには、こうやって木の板で砂を固定して、上から圧縮《あっしゅく》をかける。ピラミッドみたいに上に行くにしたがって、体積《たいせき》を小さくして安定させるんだ。公園の砂場なら、高さは一メートルくらいまでが限界だな」

ヒカルが「シラベさんの砂像はもっと大きいよ」と言った。

珠子は「どのくらいの大きさの砂像を作るんですか？」とたずねた。

「高さ三メートルぐらいだよ。五メートルの巨人《きょじん》を作ったときは、大型トラックで四十台分の砂を使った」

「そんなに？」

「うん。でっかい木枠《きわく》の中にショベルカーを使って砂《すな》を入れるんだ。そこにホースで水を投入する。とじこめられた砂は自由をもとめて外に出ようとするから、木枠がはずれないようにチェーンをまいて固定するんだ」

シラベさんは木枠の中に水を入れると、ふいに空を見上げて「ここのセミはよく鳴くなぁ」とこぼした。

ほどなくして木枠をはずすと、大きなとび箱《ばこ》型の砂山ができあがった。

シラベさんは砂場の隅《すみ》においてあった工具箱を砂山の前に運んできた。使いこまれた鉄製のヘラや、スプーンや、見たことのない道具が入っていた。

「彫刻《ちょうこく》は大ざっぱに形をとらえるところからはじめるんだけど、砂像《さぞう》の場合は上から下に向かって順々にけずっていく。なぜなら、さっきも言ったように砂はくずれやすいから。この高さなら下からけずっても支障《ししょう》がないけど、自分の身長を超《こ》える砂像の場合、くずれたら生きうめになる。命がかかってるから、上からやる。これ、鉄則」

珠子《たまこ》はパン作りと同じだ、と思った。完成品のイメージや手順を考えてから作らないと失敗する。やりなおしがきかないから、集中して慎重《しんちょう》にやらないといけない。

「そこまでできたら、表情とか、模様《もよう》とか、細かいところを作りこんでいく。これ、基本」

シラベさんはそう言って工具箱からペインティングナイフをとりだした。本来は油絵を描《か》くときに使う道具で、いろいろな大きさや形があるらしい。シラベさんは先がとがったペインティングナイフをつかむと、砂山に円を描いた。

「では、ここでクイズ。ここに縫《ぬ》い目がついていたら、なにに見える？」

ヒカルが即座《そくざ》に「野球のボール」と答えた。

「じゃあ、トゲトゲだったら？」

ヒカルは「ウニ」、珠子は「まるまったハリネズミ」と答えた。

「どちらも正解。砂は単色だから、形と質感でそれがなんなのか表現しないといけない。じゃあ、道具によってどんな質感を表現できるか、ちょっとやってみるよ」

シラベさんは砂山の表面にカレー用スプーンを規則正しくおしあてていった。すると、魚のウロコのような模様《もよう》ができあがった。さらに、細かい歯の櫛《くし》で鳥の翼《つばさ》を、太い歯の櫛でゾウの皮膚《ひふ》を表現した。

「これ、なんだと思う？」

シラベさんがふしぎな道具を珠子《たまこ》たちに見せた。ギザギザした円形の鉄ブラシに、一本の柄《え》がついている。銀色のペロペロキャンディーみたいだ。

「これは馬用のブラシにからまった毛を取りのぞくための道具。金ブラシっていうんだ。ためしてごらん」

ヒカルが金ブラシの柄《え》を持って砂山《すなやま》の表面をなでると、太さのちがう複雑な筋《すじ》がついた。

「これを使って恐竜《きょうりゅう》の皮膚《ひふ》を表現したんだ。さっきも言ったけど、道具は特別なものをそろえる必要はない。自分が使いやすいと思うもの、表現に適していると思うものを使えばいい。じゃあ、今日はこれでおしまい」

シラベさんは手についた砂をはらうと、道具をかたづけはじめた。

珠子とヒカルは顔を見合わせた。時計台を見ると、五時十分。外はまだ明るい。

「あたしたち、道具よりも勝てるワザを教えてもらいたいんだけど」

ヒカルがつめよると、シラベさんは「ワザなんてものは、作りながら考えるんだよ。でも、今日はやめておいたほうがいい」と言った。

「なんで？　葉真《ようま》にはちゃんと教えたのに、あたしたちに教えないなんて不公平だ」

「そうじゃない。頭、さわってみな」

ヒカルは頭のてっぺんに手をのせて、「アチッ」と言った。珠子も同じように頭に手をのせた。地肌《じはだ》がヒリヒリする。シラベさんは「気づいたら日射病《にっしゃびょう》で病院送りなんて困《こま》るだろ。ちなみにオレは今年に入って二回皮がむけた。こんな格好でも、焼けるときは焼けるんだ」と言って工具箱の蓋《ふた》をしめた。

猛暑《もうしょ》にもかかわらず、シラベさんは黒い長袖《ながそで》シャツに長ズボン、頭には野球帽《やきゅうぼう》、首にはタオルをまいていた。

「わかった。でも、長袖なんて暑くて死にそう」

ヒカルが顔をしかめると、シラベさんは「この格好で一日十時間、長いときは二週間も炎天下《えんてんか》で作業するんだぜ。もう慣れたけど、キツいもんはやっぱりキツい」と笑った。

「つづきは明日だ。タマゴさん、砂をけずる道具を持っておいで」

「はい」

「道具の中にペンチも入れておくといい。砂山から枝が出てきたときは、ぬかずに切る。これ、鉄則」

その夜、珠子は〈あらかじめ日記〉に書いた予定をおおかたすませると、キッチンに行った。

大きなスプーン。小さなスプーン。フォーク。ナイフ。バターナイフ。スケッパー。

あわだて器で砂《すな》をけずったら、どんな模様《もよう》になるだろう。

大根おろし器は？　レモンしぼり器は？

珠子《たまこ》は皿の上に小麦粉をひろげると、調理道具をつぎつぎにおしあてていった。

おもしろかったのは、鬼《おに》おろしだった。

鬼おろしは、大根をざっくりと粗《あら》くおろすときに使う竹製の調理道具だ。小麦粉の表面にちょこんとつけたら、歯の先端《せんたん》があたって八本の点線ができた。そのまますこしずつ力を入れておしあてていくと、点線の余白がだんだんと短くなって、最後は一本の直線になった。

「珠《たま》ちゃん、なにしてるの？」

風呂《ふろ》あがりの母親がリビングダイニングに入ってきた。

珠子は鬼《おに》おろしについた小麦粉をはらいおとして「べつに」と言った。

「お菓子《かし》でも焼くの？」

「ううん。ちょっとやってみただけ」

「ふーん。お風呂場《ふろば》の透明《とうめい》ラップだけど、あれ、いいアイデアだね。そのうち、壁《かべ》がラップだらけになったりして」

「だいじょうぶ。覚えたら、ちゃんとはがすから」

「じょうだんだよ。珠ちゃん、がんばってるなぁと思っただけ。ママ、応援《おうえん》してるよ」

「うん。……これ、借りるね」

珠子がほかの調理道具も入れた袋《ふくろ》の中に鬼《おに》おろしをつっこもうとしたら、母親はけげんな顔をした。

「そんなものを持って、どこでなにをするつもり?」

「明日ちずちゃんと塾《じゅく》のあとでなにか作るかもしれないから。おやすみなさい!」

珠子は袋《ふくろ》をつかんで部屋にもどった。床《ゆか》がざらりとする。足裏《あしうら》をのぞいたら、砂がついていた。

――ついにわたしも砂かけババアの仲間入りかぁ。

珠子はふっと笑って、勉強のつづきをはじめた。

# 6

## ミニ砂像《さぞう》と秘密《ひみつ》クラブ

日曜日の午後、珠子《たまこ》は薄手《うすで》の長袖《ながそで》シャツと長ズボンと帽子《ぼうし》という格好で家を出た。最寄《もよ》りの停留所からバスに乗れば、十五分ほどで美竹《みたけ》公園前に着く。でも、珠子は自転車で行くことにした。人通りの多い場所を通るので、気を引きしめてペダルをこいだ。

駐輪場《ちゅうりんじょう》に自転車をとめて公園の中に入ると、ロケット型のすべり台に列ができていた。休日のせいか、砂場《すなば》もめずらしくにぎわっている。その中にヒカルとシラベさんもいた。

ヒカルは長袖《ながそで》シャツにジャージのズボン。頭にはいつものタオルをまいていた。ひっくりかえしたバケツの中に、園芸用スコップで砂を入れながら、「タマゴ、今日はミニ砂像《さぞう》を作るんだよ」と言った。

「ミニ砂像?」

「こうやって『底なしバケツ』に砂を入れて小さい砂山を作るんだ」

ヒカルは砂に水をそそぎ、しばらくして底を切りぬいたバケツを注意深く持ちあげた。

「わぁ〜、ジャンボプリンみたい!」

珠子が声をあげると、シラベさんは「はじめから大きい砂像でもいいけど、砂山を作るのが大変だからね。まずは小さいサイズで作って、どんなもんかためしてみるといい。はい、タマゴさんもそれで砂山を作って」と底なしバケツを指さした。

珠子はまくりあげたシャツの袖《そで》をおろして、ミニ砂山を作りはじめた。

園芸用スコップで砂をすくいあげたとき、ちずの言葉がふっとよみがえってきた。

「昨日のちずちゃん、ひどいこと言ってたなぁ。砂遊びは不潔だとか、ネコのフンが出てくるとか……。手を洗《あら》えばいいのにね」

「うん。バカみたい」

風呂敷《ふろしき》をひろげて道具をたしかめていたヒカルがそう言うと、シラベさんは無精《ぶしょう》ひげをいじりながらつぶやいた。

「あ〜、でも、砂をけずってると、いろんなものが出てくるんだよなぁ。石。流木。カニ。ヤドカリ。ペットボトル。おしゃぶり。銃弾《じゅうだん》……」

銃弾？　とヒカルがききかえした。

珠子《たまこ》はヒカルのおばあさんの紙芝居《かみしばい》を思いだして、どきっとした。

「うん。これ、本当」

なんで……とヒカルが言いかけたところで、シラベさんのスマホが鳴った。

珠子とヒカルは顔を見合わせ、それぞれの作業にとりかかった。

ザリッ。ザザッ。ザリッ。ザザッ。

真夏の太陽の下、砂《すな》をけずる音が二重奏《にじゅうそう》のように広い砂場にひびきわたった。

シラベさんは木陰《こかげ》にしゃがんで、だれかと話しこんでいる。ときどき思いだしたように近づいてきて、「どうすればくずれないか、考えながらけずってごらん」とか、「砂の表面が白くなってきてる。乾燥《かんそう》するとこわれやすくなるから、手早く作って」と、手短にアドバイスした。

珠子は木陰《こかげ》にもどっていくシラベさんを見つめて言った。

「うちのお父さん、パン屋だけど、休みの日はぜったいパンを焼かないよ。シラベさんは休みの日ぐらい、砂からはなれたいと思わないのかなぁ」

「考え事をするときによくここに来る、って言ってた。子どもが砂をいじってるのを見てると、アイデアがひらめくことがあるんだって。……シラベさん、さっきからだれと話してるんだろう」

ほどなく、ミニ砂像《さぞう》ができあがった。

珠子はウサギ。ヒカルはフクロウ。すぐにウサギの耳がくずれた。

電話をおえたシラベさんがもどってくると、ヒカルは「これ、簡単《かんたん》すぎる。小さい砂像はやりにくいよ」と言った。

「ヒカルはそこそこの大きさのに慣れてるからだよ。タマゴさんはどう？」

「わたしはこっちのほうが作りやすかったです」

「ふむ。大きくても小さくても、牙《きば》とか耳とかのとがっているところはこわれやすいから、慎重《しんちょう》にけずってごらん」

それからここ、とシラベさんがウサギの目を指さした。

「目のふちに砂がたまってるでしょ。余分な砂はストローで息をふきかけてとりのぞく。形がはっきりして見栄《みば》えがよくなるから。ここ、ポイント」

「はい」

「じゃあ、休憩《きゅうけい》しよう。砂《すな》をもとにもどして」

ヒカルは足でフクロウの砂像《さぞう》をつぶすと、水飲み場にダッシュした。

珠子《たまこ》は白く乾《かわ》きはじめたウサギの砂像を園芸用スコップでぺしぺしたたいた。それから、壁《かべ》にもたれて、水筒《すいとう》の麦茶を飲んだ。冷たい麦茶は最高においしくて、干上《ひあ》がった全身の細胞《さいぼう》がうるおいをとりもどした。

休憩中《きゅうけいちゅう》、シラベさんがスマホで撮《と》った自作の砂像を見せてくれた。

雷神《らいじん》と風神。弓矢をかかげたケンタウロス。貝の上にたたずむヴィーナス。ティラノザウルス。トリケラトプス。海賊船《かいぞくせん》におそいかかる大ダコ……。

光と影《かげ》のグラデーションが砂に無限の色彩《しきさい》をあたえていた。砂像を知らない人が見たら、本物の遺跡《いせき》と思うはず。どれもすごい迫力《はくりょく》だ。

「わぁ〜。これ全部、三メートルとか五メートルとかあるんですか？」

「うん」

実物は見上げるほど大きいのだろう。どの砂像もシラベさんがひとりで上からコツコツけずっていったなんて信じられない、と珠子は思った。

「どうして砂像を作ろうと思ったんですか？」

珠子がたずねると、シラベさんは「いきなりな質問だな」と笑った。

「たまたまだよ。美大生のとき、アメリカ人の砂像アーティストと知りあったんだ。日本ではまだ砂像が知られていなかったから、こんな表現もあるのかと思ってためしてみたんだ」

そのうち、日本でも砂像が知られるようになって、活動の場がだんだんとひろがっていった、とシラベさんは説明した。

『たまたま』なんて、運がいいんだね」

ヒカルがそう言うと、シラベさんは「運じゃなくて、腕《うで》がいいと言ってくれ」と笑った。

珠子はシラベさんのスマホを借りて、作品をじっくりと見た。

「あっ」

珠子は手をとめて、一枚《まい》の写真に見入った。横たわったイルカの砂像のまわりに、本物の空《あ》き缶《かん》やペットボトルが散らばっている。

「これってなんの砂像ですか」

「ああ、それはオーストラリアのシドニーで作ったんだ。地球環境《かんきょう》をテーマにした展覧《てんらん》会《かい》だったから、会場近くの海岸に落ちていたゴミを拾いあつめておいてみた」

「イルカ、苦しそう。シラベさんの言いたいこと、なんか伝わってくる」

珠子《たまこ》がそう言うと、ヒカルも「『地球を守ろう』って看板《かんばん》を立てるより、こっちのほうが心にぐっと来る」と言った。

「本物の砂像《さぞう》、見てみたいなぁ。ハムちゃん、わたしもこんな砂像を作ってみたい」

「あたしも。ここでいっぱい作ろう」

「なんだか秘密《ひみつ》のクラブ活動みたいだね」

「それを言うなら、ハムとタマゴのサンドアートクラブだ」

「あっ。だったら、サンドイッチクラブはどう?」

「賛成。じゃあ、サンドイッチクラブでは仲良くすること!」

「それから、約束を守ること!」

「ではこれより、サンドイッチクラブの活動開始!」

ヒカルが厳《おごそ》かに宣言《せんげん》すると、珠子は空に向かって「イエーイ!」と両手をひろげた。

休憩後《きゅうけいご》、二作目のミニ砂像を作っていたら、闖入者《ちんにゅうしゃ》があらわれた。

サッカーの赤いユニフォームを着た葉真《ようま》が砂場《すなば》にどかどかと入ってくると、口を一文字にむすんで黄金のシャベルをヒカルの前につきだした。

「これ、使えば？」

つづいて、葉真は珠子のほうを向くと、「この前は笑ってすみませんでした。ゆるしてください」と、まるで心のこもっていない謝罪をした。

「ゆるしませんっ」

珠子が頬《ほお》をふくらませて怒《おこ》ると、ヒカルも後ろ手にして黄金のシャベルの受けとりを拒《きょ》否《ひ》した。

葉真はシラベさんを見た。うらめしそうな目が「ほら、オレの言ったとおりじゃん」と訴《うった》えている。

ヒカルが「さっき電話してたの、葉真だったんだね」とシラベさんをにらんだ。左右からはさみ撃《う》ちにされたシラベさんは空をあおぐと、手をぽんっと打った。

「そうだ、サンドイッチクラブに葉真も入れてあげたら？　みんなで仲良くやったほうが楽しいだろ」

葉真は鼻で笑うと、地面に向かって「アホくせぇ」とはいた。

「オレ、そういう仲良しクラブって大っきれぇ。こんなヘタクソどもといっしょに作りたくねーし。くやしかったら、オレのレベルまではいあがってこい」

「ライオンとライオンモドキしか作れないヤツがよく言うよ」

そうだよ！　と、珠子《たまこ》もヒカルを援護《えんご》して声をはりあげた。

「この前、ネットに動画をのせたこと、知ってるんだからね。かっこいいところばかり切りとって」

「しょうがないじゃん。オレ、かっこいいんだもん」

葉真《ようま》が髪《かみ》をかきあげると、ヒカルは「はぁっ？　なに言ってんの？　かっこいいっていうのは、ジョージ・ワシントンみたいな人のことを言うんだ」と小鼻をふくらませた。

「だれだよ、ジョージって。そんなブサメン知らねーし」

「アメリカの初代大統領も知らないなんて信じられない！　あんたなんかケンペーにつかまっ……」

「まあまあまあ！」

シラベさんが間に入った。ヒカルは乱《みだ》れた前髪を耳にかけながら葉真をにらんだ。

「あんたのへなちょこライオンより、もっとすごいのを作ってやる」

「じゃあ、今この場で作ってみろよ」

「…………」

「ほーら、やっぱり作れねーくせに」

「こっちはいろいろいそがしいんだ。八月、夏休み最後の日なら……」

「シラべさん、三十一日、日本にいる?」と葉真は詰《つ》めよった。

「前日まで新潟《にいがた》で展覧会《てんらんかい》だからなぁ。いるにはいるけど、たぶんゾンビになってる」

「ゾンビ、オッケー。じゃあ、八月三十一日の三時にここで勝負だ」

葉真は黄金のシャベルを砂《すな》につきさすと、スポーツバッグを肩《かた》にかけなおして去っていった。

と、急にふりかえって、「おれがシラべさんの一番弟子《でし》なんだからな!」とさけんだ。

珠子とヒカルは顔を見合わせた。それから、気をとりなおして作業をはじめた。

ヒカルがビーチサンダルをぬいだので、珠子も靴《くつ》をぬいだ。

おたがい言葉に出さなくても、「葉真に勝ってやる」という気持ちが伝わってきた。

「タマゴさんのはペンギンか。うまくできてる。特に顔のこのへんがいいね」

「ありがとうございます。これ、イワトビペンギン。テレビで見たの」

羽根《はね》飾《かざ》りのような眉毛《まゆげ》のところが自分でもうまくできたと思っていたので、珠子はシラべさんにほめられてうれしくなった。

「ヒカルのはなんだ？　まつぼっくりか？」

シラベさんがヒカルのミニ砂像《さぞう》に近づくと、ヒカルは「さあ？」と答えて砂像をつぶした。

「シラベさん。あさって、時間ある？」

「ああ」

「タマゴは？」

「午前中は塾《じゅく》だけど、マドックはないよ」

「じゃあ、あさっての午後に大きいの作ろう」

「うん」

児童館のほうから『夕焼け小焼け』のメロディーが風にのって流れてきた。空を見上げると、まだ明るかった。

珠子《たまこ》が調理道具についた砂《すな》をはらいながら袋《ふくろ》に入れていたら、ヒカルが「それ、なに？」と鬼《おに》おろしを指さした。

「鬼おろしっていう大根おろし器だよ」

珠子は家から持ってきたおもしろい調理道具をヒカルに見せた。

「この棒《ぼう》はモリニーニョっていうホットチョコレートをかきまぜるもの。それから、こっちはアボカドを切る道具で、こっちはリンゴの芯《しん》をくりぬく道具。それから……」

「自慢《じまん》してる？」

「えっ？」

「あたしはひとつだけきいたのに、なんでいちいち全部説明するの？」

「えっと、うちのママ、百円ショップで便利道具とかよく買ってきて……」

「あたしんちにはふつうの大根おろし器しかない。ホットチョコレートはインスタントしか飲んだことない。アボカドなんて食べたことない」

ヒカルがイワトビペンギンの砂像をふみつけようとしたので、珠子は「待って！」ととめた。

「まだこわさないで。もうちょっとそのままにしておいて」

ヒカルは右足を宙《ちゅう》に浮《う》かせて珠子をにらんだ。

「『もうちょっと』ってどのくらい？　砂像を作ったあとは、つぎに砂場を使う人のために砂をならさないといけないんだけど」

「……わかった。写真撮《と》るから、ちょっと待ってて」

珠子《たまこ》は胸《むね》をどきどきさせながら、急いでリュックを取りに行った。

――ハムちゃん、なんで急に怒《おこ》ったんだろう。葉真《ようま》のせい？　だからって、わたしの砂《さ》像《ぞう》までこわすことないじゃない。

サンドイッチクラブを結成したばかりなのに。「仲良くする」と決めたのに。

珠子がミニ砂像に向かって携帯《けいたい》をかまえたら、「もったいないよなぁ」という声がした。

ふりかえると、シラベさんが腕《うで》を組んで珠子の作品を見ていた。

「タマゴさんはこわすのが惜《お》しいって思えるほど、がんばったんだよな」

「あっ……」

珠子はシラベさんの言葉にはっとした。

このあいだ、はじめて作った砂像がくずれたときに気持ちをコントロールできなくなったのは、「惜しい」という感情のせいだったのかもしれない。一生懸命《いっしょうけんめい》作ったのに、つぶされて、なかったことにされて、惜しかったのだ。

うなずいた珠子にシラベさんは「わかるよ。でも、そう思うのはおかしな話なんだ」と言った。

「えっ？」

「だって、相手は砂《すな》だろ。タマゴさんがこわさなくても、あっちにいる子どもたちがこわすか、砂が勝手に動きだすか……。いずれにせよ、こわれることに変わりがないんだ」

珠子は砂像を見た。

「…………」

つぶらな瞳《ひとみ》で見つめかえしてくるイワトビペンギン。自分が作ったものに愛着を持つのはおかしなこと？　シラベさんはこんな気持ちになったりしないのだろうか。

珠子は思いきってシラベさんにきいてみた。

「残らない砂像を作っていて、むなしくならないんですか？」

「もう慣れた。太陽に寿命《じゅみょう》があるように、この世界に永遠なんてないからね。形あるものは遅《おそ》かれ早かれ消えていくと思えば、こういう表現方法があってもいいと思うんだ」

「でも……」

「タマゴさんは砂はもろくて弱いと思ってるかもしれないけど、本当は強いんだよ。水の中でも風の中でも、常に動いてる。……なあ、ヒカル。砂って自由だよなぁ。おれたちはいつだって空と地べたの間にはさまれて、思いどおりにならないことばかりなのにね」

シラベさんがそう言うと、砂《すな》の上にしゃがんでいたヒカルは口もとをゆがませた。イワトビペンギンはすでに粉砂糖《こなざとう》をまぶしたように白くかわきはじめていた。風が吹《ふ》くと、砂像《さぞう》から砂つぶがはがれて宙《ちゅう》に舞《ま》った。

——そうか。そういうものなのか、砂像って。

自由な砂。それをかためて、ほどいて、自然に還《かえ》す。

珠子《たまこ》はイワトビペンギンの砂像を携帯《けいたい》で撮《と》ると、「こわしていいよ」とヒカルに言った。ヒカルは地面に穴《あな》をほじりながら「タマゴがやりなよ」と答えた。

珠子は葉真《ようま》がおいていった黄金のシャベルをつかむと、砂像をつぶして平らにならした。

ちぢれ雲がピンク色に染《そ》まるころ、砂場に残っているのは珠子たちだけになった。大きな楕円形《だえんけい》の砂場に、くずれた砂山や小さな熊手のわすれものなど、遊びのなごりが散らばっていた。

珠子とヒカルは、公園を出たところでシラベさんとわかれて坂道を下った。

ヒカルがふっとつぶやいた。

「『ポンデケージョ』っておもしろい名前。名前だけで幸せになれそう」

「急にどうしたの？」

「前にタマゴが、アマゾンツノガエルと話してる声がきこえてきた。『ポンデケージョ』って」

ふたりは大通りに出た。ここから先、珠子は横断歩道をわたってまっすぐに進み、ヒカルは駅と反対方向に大通りを進んでいく。

珠子が「じゃあ、またね」と言おうとしたら、ヒカルが「さっきはごめん」と言った。耳にかけた前髪《まえがみ》がこぼれて、うつむいた横顔を隠《かく》した。

「あ、ハムちゃん知ってる？　ポンデケージョって、ブラジルでは『パン・ジ・ケージョ』。チーズパンっていう意味なんだって。でも、どうして日本ではパンジケージョじゃなくて、ポンデケージョなんだろう。ふしぎ」

珠子はそう言って、「食パン。食ポン。あんパン。あんポン。パンジケージョ。ポンデケージョ……。うん、やっぱりポンデケージョはポンがいいね」と笑った。

「そうだ。サンドイッチクラブのルール、もうひとつ思いついたよ。悲しいときや、イライラしたときは、大きな声で『ポンデケージョ！』って言おうよ」

ヒカルが前髪《まえがみ》のすきまから珠子を見た。

「……意味不明。でも、悪くないかも」

ヒカルは片手《かたて》を上げると、大通りを歩きはじめた。

夕陽のような色をしたビーチサンダルが人混みの中に消えていくまで、珠子《たまこ》はずっと見つめていた。

# 7

# シラベさんとマルタ島

珠子《たまこ》はミニ砂像《さぞう》を作って、ふたつのことを知った。

まず、砂像はとがっているところがすくないほうがいい、ということ。

それから、くずれないためのバランスも大事、ということ。

朝食のハムエッグを見つめながら、珠子は火曜日にどんな砂像を作るか考えた。

「ブタ。ヒヨコ……」

——とがってないけど、形が単純《たんじゅん》すぎる。

「ネコ。イヌ……」

——悪くないけど、「ありがち」って思われそう。

ブラインドカーテンのすきまから入りこんだ光がテーブルに縞模様《しまもよう》を描《えが》いているのを見て、シマウマがひらめいた。

——ムリムリ。脚《あし》が細すぎる。

カンガルーはバランスをとるのが難《むずか》しそうだし、ライオンは葉真《ようま》のお気に入りだ。

シラベさんは「経験と技術力で劣《おと》るサンドイッチクラブが葉真に勝つには、テーマ選びにかかっている」とアドバイスをくれた。

つまり、なんでもいいけど、なんでもよくないってこと。テーマ選びは難《むずか》しい。

「ハムちゃん、ペンギンがいいと思うんだけど。どうかな?」

月曜日、進秀学舎《しんしゅうがくしゃ》の授業後、珠子《たまこ》はヒカルの携帯《けいたい》にメッセージを送った。

二時間くらいして、ヒカルから「またペンギン?」と返事がきた。

「ペンギンはとがってるところがすくないから、ぴったりだと思うの。作ってみたい」

「今、勉強中。明日話そう」

つれない返事。でも、珠子は「さすがハムちゃん。見習わなくちゃ」と反省した。

帰宅後《きたくご》、テーブルにおいてあったオムライスを食べて、すぐに塾《じゅく》の宿題にとりかかった。

おわったところで、パソコンでペンギンを調べた。そのついでに、シラベさんのサイトにもアクセス。珠子は今すぐ砂像《さぞう》を作りたくて、うずうずしてきた。

そうこうしているうちに、西の空が赤く染《そ》まりはじめた。


待ちに待った火曜日。

珠子が朝食の前に漢字練習をしていたら、母親が「早く食べないと」と急《せ》かした。

「だいじょうぶ。塾《じゅく》に間にあうから」

「なに言ってるの。今日は雪原《せつはら》学園の説明会でしょ。塾《じゅく》にも欠席の連絡《れんらく》を入れたのに」

「あ……」

「さ、早く食べて支度《したく》して」

珠子は暗記パン作戦を中断して、飲みこむようにしてロールパンを食べた。

この日の学校説明会は、珠子の家から電車で四十分ほどの私立《しりつ》の共学校だった。

母親は行きの電車の中で、「ボーッとしてないで、ちゃんと先生方の話をきくのよ。六年間、お世話になるかもしれないんだから」と言って、いつもの注意事項《じこう》を珠子の耳もとでささやいた。

「雰囲気《ふんいき》。制服。部活動。学習内容。そういったポイントをしっかり確認《かくにん》して志望校を決めるの。でも、最後の決め手は直感よ。珠《たま》ちゃんの心にビビッときたところにしなさい」

よく考えて決めろと言っておいて、最後は直感というのも、いつもの決まり文句だ。珠子はだまってうなずいた。

ガラスばりの校舎に入ると、水色のワンピース姿《すがた》の女子生徒と、同じ色のシャツを着た男子生徒が、元気にあいさつをしながら資料を配っていた。

学校説明会は春からかぞえて八校目だったので、珠子は慣れた手つきで資料を受けとって説明会の会場に向かった。

校舎の最上階にある講堂に足をふみいれると、ステージで合唱部が英語の歌を歌っていた。珠子は配布された学校案内のパンフレットを見た。表紙をひらくと、男女の生徒たちが希望に燃える目で青空を見つめていた。雲の上に「世界にはばたくリーダーとなれ」と書いてある。

説明会がはじまると、ステージにあらわれた校長先生も、「世界で通用するトップリーダー」とか「グローバルリーダー」といった言葉をたびたび口にした。

なんとなく横を見たら、頭の良さそうな女の子がすわっていた。パンフレットの生徒と同じ目をして壇上《だんじょう》を見つめている。見渡《みわた》したら、未来のリーダーたちとその保護者でいっぱいだった。

珠子は急に心細くなって、床《ゆか》に視線《しせん》を落とした。


帰宅《きたくご》後、母親が店に出かけてから、珠子は自転車で公園に向かった。

珠子が砂場《すなば》に着くと、ヒカルが筋《きん》トレシャベルで砂山を作りはじめていた。

「黄金のシャベルは？」

「葉真《ようま》がまた勝手に持ってった」

「ひどい。シラベさんは？」

「まだ来てない」

珠子とヒカルは交代で筋《きん》トレシャベルを使って、ヘトヘトになりながら砂山を築いた。

完成後、珠子は「ペンギンのことなんだけど……」と言って、ネットの画像をプリントアウトしたものをヒカルに見せた。

向かいあったコウテイペンギンの間で、灰色《はいいろ》の産毛《うぶげ》におおわれた小さな赤ちゃんが、翼《つばさ》をひろげている写真を見て、ヒカルは「親子ペンギンか」とつぶやいた。

「うん。大人のペンギン二羽と赤ちゃん。成長すると身長一メートルぐらいになるんだよ」

「砂山《すなやま》と同じ高さだね。でも、ライオンにくらべると地味なわりに難《むずか》しそう。ま、やってみよう」

砂山に線を引いて、三羽のペンギンの位置を決めた。

作業開始からほどなくして、珠子《たまこ》は行きづまった。お母さんペンギンの頭から背中《せなか》にかけての釣り針《ばり》のようなカーブがうまくけずれない。首を細く、もっと細く、と思いながらけずっていたら、頭がぽろりともげた。

「あーあ。ハムちゃんの言ったとおりだ」

サイズを小さくしてなんとか完成させたけど、みすぼらしい親子ペンギン像になった。

「これじゃあ、葉真《ようま》に勝てないね」

「じゃあ、ペンギンは却下《きゃっか》。ほかのにしよう」

珠子たちが砂像《さぞう》をこわそうとしたら、背後《はいご》から「それでいいんじゃない?」とシラベさんの声がした。

「あ、シラベさん」

「ペンギン、悪くないと思うよ。細長い体が足に向かってだんだん細くなっていくから、バランスをとるのにひと苦労しそうだね。挑戦《ちょうせん》しがいのあるテーマを選んだところを、おれなら評価する」

「じゃあ、葉真に勝てる?」

「そこはわかんないよ。でも、見込《みこ》みはあるんじゃない」

ヒカルはがぜんやる気になって、「さっきの発言は撤回《てっかい》。やっぱりペンギンにしよう。水、飲んでくる」と言って水飲み場に走っていった。

珠子も喉《のど》がカラカラだった。木陰《こかげ》で麦茶を飲んだら、あっというまに水筒《すいとう》がからっぽになった。

ヒカルがタオルで顔の汗《あせ》をふきながらもどってきた。珠子のとなりにすわって砂場《すなば》の壁《かべ》にもたれかかると、膝小僧《ひざこぞう》まで砂の中に足をつっこんだ。長い息をはいて、「気持ちいい」とつぶやく。

珠子もズボンの裾《すそ》をまくりあげて、砂の中にかかとをおしこんだ。熱い砂の下にしめった砂がひそんでいて、ふくらはぎがひんやりした。

「ハムちゃんは中学校の説明会、行った?」

「うん。第一志望の学校だけ。タマゴは？」

「いっぱい行ったよ。今日も行ってきた。なんかね、みんな大人っぽいの。学級委員とかやってて、将来《しょうらい》の夢が決まってて、リーダーになりそうな子たちばっかりだった」

「きっと、その子たちもタマゴのことをそう思ってるよ」

それはないと思う、と珠子《たまこ》は心の中でつぶやいた。

珠子は学級委員になったことがない。将来《しょうらい》の夢もあれもこれもいいなぁと思うだけ。世界にはばたくリーダーなんて、とてもとても想像できない。自分が世界とかかわりあうことなんて、この先あるとは到底《とうてい》思えなかった。

珠子は目をとじて、セミの声に耳をすませた。

風のない午後。

光の粒子《りゅうし》がまぶたをすりぬけて、星のように暗闇《くらやみ》の中でチカチカとまたたいている。

セミたちは鳴くというより「生きてる！　生きてる！」とさけんでいる。

——来年の今ごろ、なにしてるのかなぁ。

そして、わたしはどこに向かっていくのだろう。

目を開けると、シラベさんの姿《すがた》が目に入った。向かい側の壁《かべ》によりかかって、スケッチブックになにか描《か》いている。

珠子が声をかけると、シラベさんは「次の作品をぼちぼちとね」と言って、スケッチブックを見せてくれた。きれいな細かい模様《もよう》がついた塔《とう》と、おかしなふうに手足を曲げている仏像の絵。珠子は小首をかしげた。

「九月にドバイで行われるイベントに招待されたんだ。エローラ石窟《せっくつ》寺院をヒントにした砂像《さぞう》を作ろうと思ってる」

「エローラ?」

「インドの職人たちが百年以上かけて、ノミとハンマーで岩山を上からくりぬいて造ったお寺だよ。世界遺産《いさん》にもなってる」

「じゃあ、大きな砂像の作り方といっしょですね」

「そのとおり」

突然《とつぜん》、ヒカルが「わっ!」とさけんで上半身をねじった。おしりの下に手をつっこんで、しばらくもぞもぞさせてから、「あった」と言って砂《すな》まみれの青いミニカーをとりだした。

「なんだ、おもちゃか」

「ネコのフンじゃなくてよかったね」

珠子《たまこ》がからかうと、ヒカルは「そういえば、砂《すな》の中から銃弾《じゅうだん》が出てきたって話、本当？」とシラべさんにたずねた。

珠子はどきっとした。銃弾《じゅうだん》とか、ミサイルとか、戦争に対して過敏《かびん》に反応するヒカルがそういう言葉を口にすると、不安になる。珠子は身構えてシラべさんの話をきいた。

「ああ、中国でね。日本の軍隊が使っていたサンパチ式っていう鉄砲《てっぽう》の弾《たま》だった」

「『日本の軍隊』ってことは日中戦争だね。タマゴは知ってる？」

「……ううん」

「日本と中国の間で起こった戦争。そこから太平洋戦争につながっていくんだ。あたし、おばあちゃんからきいた。……シラべさん、それって本物だった？」

「おそらく。中国人スタッフのひとりが、そのあたりは戦場だったと言ってた」

「銃弾《じゅうだん》を見つけたところをちゃんと調べた？　人骨《じんこつ》もあったかもしれないよ」

真剣《しんけん》な顔で迫《せま》るヒカルに対して、シラべさんは「あったとしてもふしぎじゃないね」と言った。

「でもさ、自分のてのひらに銃弾《じゅうだん》がのってるところを想像してごらん。それはだれかを殺人者にしたり、だれかの人生を終わらせたものなんだぜ。あのとき、おれの気持ち的には人骨《じんこつ》を見つけたのと変わらなかった。足がふるえたよ、本当に。砂像《さぞう》を作ってると、なんていうかこう、博物館のガラスケースの中に入ってる『歴史』に素手《すで》でさわるようなことも起きるんだよ」

シラベさんはポケットから缶《かん》コーヒーをとりだした。ゴクッと喉《のど》を鳴らしてひと口飲むと、「こんなこともあったよ」と言ってスケッチブックをめくった。

「これ、マルタ島で作ろうと思った砂像のスケッチ」

馬に乗った女戦士の絵を見た珠子は「きれい」と言い、ヒカルは「かっこいい」と言った。

「マルタ島って知ってる？」

「うん。イタリアの近くにある島」とヒカルが答えた。

「正解。マルタ島は地中海に浮《う》かぶ小さな島なんだけど、そこで毎年、砂像の展覧会《てんらんかい》をやってるんだ。四年前、お声がかかって、おれは喜んで飛んでった。きれいな島だったよ」

マルタ島は海岸線のほとんどが岩場で、石灰質《せっかいしつ》の白い砂だそうだ。観光客に人気の海水浴場で砂像を作ることになった、とシラベさんは言った。

「ちなみに、砂《すな》は島の内陸部から運んできた山砂《やまずな》だった。砂利《じゃり》がたくさんまざっていて砂像《さぞう》作りに最適な砂とは言えなかったけど、外から砂を持ちこむと外来種が入りこむ危険《きけん》性《せい》があるから仕方ない。『郷《ごう》に入《い》っては郷に従《したが》え』ってことで、制作にとりかかったんだ。二日目の朝、おれは砂浜になにかがうまってるのに気づいた。掘《ほ》りだしてみたら、おしゃぶりだったんだ」

——おしゃぶり……。

この前、シラベさんはおしゃぶりも砂の中から出てきた、と言っていた。

珠子《たまこ》は背筋《せすじ》をのばし、まばたきひとつせずにシラベさんを見つめた。

「輪っかがついた半透明《はんとうめい》の黄色いやつで、砂にうもれていたとは思えないくらい、きれいなおしゃぶりだった。とはいえ、警察《けいさつ》に届けるようなものでもないから、その場で捨《す》てた。で、夜になって、ジェイルっていう砂像アーティストと酒を飲んでいたとき、昼間のできごとを話したんだ。そうしたら、ジェイルは急に青ざめて言った。『そのおしゃぶりは海でおぼれ死んだ難民《なんみん》の赤《あか》ん坊《ぼう》のものかもしれないぞ』って」

「難民？」

珠子が小首をかしげると、シラベさんはスケッチブックに簡単《かんたん》な地図を描《か》いて説明した。

「こっちがアフリカ。こっちは中東。この辺の一部の国で戦争していたり、政治家が好き勝手に権力《けんりょく》をふるったりしていて、そこで暮《く》らしている人たちの生活がめちゃくちゃになったんだ。それでかれらは生まれ育った国を脱出《だっしゅつ》して難民《なんみん》になり、新しい生活の場をもとめてヨーロッパ、特にドイツにわたろうとしたんだ」

難民《なんみん》は密航《みっこう》業者に高いお金をはらって、おんぼろ船やビニールボートにぎゅうぎゅう詰《づ》めにされて、ヨーロッパの玄関口《げんかんぐち》であるマルタ島を目指した。でも、重量オーバーで船が沈《しず》んだり、海上をさまよっているうちに飲料水が底をついたりして、命を落とす人があとを絶たなかった、とシラベさんは言った。

「ようするに、おれが見つけたおしゃぶりは難民船《なんみんせん》に乗っていた赤《あか》ちゃんのものなんじゃないかって、ジェイルは言ったんだ。翌朝《よくあさ》、ジェイルは荷物をまとめて島を出ていった。ほかの仲間たちも、でっかい砂山を浜辺《はまべ》に残して、つぎつぎと島をはなれた」

「えっ、どうして？」

珠子が身を乗りだしてたずねると、シラベさんは「みんな、ジェイルの話を信じたんだよ。だいたい、こんなときに観光客のための砂像イベントをやるのはおかしいんじゃないかっていう思いが心のどこかにあって、あの一件で確信に変わったんだろうね」と言った。

「シラベさんはどうしたの？」

「おれは残った。海外から仕事の依頼《いらい》が来るようになって日が浅かったし、とにかく作品を作りたかったんだ。でも、あの日以来、手が動かなくなった。難民《なんみん》がおしよせてくる島で、おぼれ死んだ人たちが沈《しず》んでいる海のすぐそばで、なにを作ればいいのかわからなくなった。それでも、なんとかつづけたよ。でも、島の近くで難民船《なんみんせん》の沈没《ちんぼつ》事故が起きて……」

そう言ったきり、シラベさんはだまりこくった。

頭上で木の葉がざわわわと音を立てた。

なまあたたかい風が珠子《たまこ》たちとシラベさんの間を通りぬけていく。

小さな男の子が母親に手を引かれて砂場《すなば》にやってきた。砂の上にぺたんとおしりをつけて、母親の手を借りながら小さなスコップで砂をすくってはバケツに入れている。

珠子はおしゃぶりがまだ似合いそうな男の子を見つめながら、遠い海の向こうで起こったできごとを考えた。ヒカルもなにも言わずに男の子を見ている。

シラベさんが口をひらいた。

「それからは毎日、砂ってなんだろう。砂で彫刻《ちょうこく》を作るってどういうことなんだろうって考えて……。この前、久しぶりにマルタ島に行ったんだ。そこで作ったのがこれ」

シラベさんは飲みほした缶《かん》コーヒーをポケットにしまって、珠子たちにスマホを見せた。

そこには、横たわった若者《わかもの》を抱《いだ》く女神《めがみ》の砂像《さぞう》が映《うつ》っていた。馬に乗った勇ましい女戦士とうってかわって、やさしさと悲しみに満ちた女神だった。若者が手をのばしているその先に、ぬけるような青空とエメラルドグリーンの海がひろがっている。

ヒカルがつぶやいた。

「この人の手の先に自由があるんだね。つかめなかった自由が……」

イルカの砂像のように、声なき生き物たちの思いを世界に発信したり。

女神《めがみ》の砂像のように、命を落とした難民《なんみん》を弔《とむら》ったり。

シラベさんは砂の中から思わぬものを見つけては、過去や今と向きあっている。

学生時代にシラベさんがたまたま出会ったという砂像。きっかけは風船のようにふわっとしているけど、糸をしっかりつかんでいけば、世界とつながるどこかにたどりつけるのかもしれない。

「タマゴさん？　おーい、タマゴさーん」

「あっ、はい」

「おれ、明日から新潟《にいがた》に行くんで、その前にいろいろと準備があるからこのへんでオイトマします。最後に、キミたちにひとつだけヒントをあげる。赤ちゃんペンギンの翼《つばさ》、あれをどう表現するかがポイントだ。翼をひろげさせたいなら、なにか方法があるはずだよ。これ、ホント」

シラベさんはスマホをポケットにしまうと、スケッチブックを小脇《こわき》にはさんで去っていった。

——赤ちゃんペンギンの翼かぁ……。

珠子《たまこ》はおでこの汗《あせ》をぬぐった。腕《うで》についた砂《すな》が落ちて、口の中に入った。ざらりとした舌《した》ざわりに顔をしかめたら、男の子の母親がバースデーソングを歌う声がきこえてきた。

歌がやむと、男の子は砂のケーキに立てた枝のろうそくに息をふきかけた。

ヒカルがしんみりした声で「かたづけよう」と言った。

珠子はうなずいて、砂の中から足を引きぬいた。

# 8

# 特訓と空飛ぶペンギン

水曜日の午後、珠子《たまこ》とヒカルは砂場《すなば》のそばのベンチにすわって、砂像《さぞう》の作り方について話しあった。

ヒカルが親子のコウテイペンギンの写真を見つめて言った。

「このペンギンたちをそっくりそのまま砂像にしようとしたら、失敗する」

「じゃあ、赤ちゃんペンギンは『気をつけ』のポーズにしよう」

「作りやすいけど、置物みたい」

「やっぱり翼《つばさ》をひろげてるほうがいいよね。でも、どうすれば……」

翼をひろげた赤ちゃんペンギンの砂像は、本当に作れないのか。

翼《つばさ》を保つには、どうすればいいのか。

珠子《たまこ》はシラベさんの砂像《さぞう》作品を思いうかべた。

両手をひろげ、大地をふみしめる雷神《らいじん》と風神。尾《お》びれを空に向けている人魚。長い足を四方八方にひろげた大ダコ。

どうしてあの砂像たちはくずれないのだろう。と思った瞬間《しゅんかん》、ヒカルが「あっ」と声をあげた。

「わかった、壁《かべ》だ。壁を作って、そこに浮《う》き彫《ぼ》り細工《ざいく》みたいにペンギンを彫《ほ》れば、どんなポーズだってくずれないよ」

「そっかぁ！」

シラベさんが作った雷神《らいじん》と風神の後ろには、めらめらと燃える炎《ほのお》があった。横たわった若者《わかもの》を抱《いだ》く女神《めがみ》の後ろにも、厳《おごそ》かな神殿《しんでん》がそびえていた。

「壁《かべ》は砂像をささえるだけじゃなくて、背景《はいけい》にもなるんだね」

「壁を作るなら、氷山がいいと思う。南極の氷山とコウテイペンギン」

「うん、ぴったり！　やってみよう」

いつもの手順どおりに、筋《きん》トレシャベルで苦労しながら砂山《すなやま》を作ると、バターナイフで上からすこしずつけずっていった。

氷山の壁《かべ》を利用したおかげで、赤ちゃんペンギンの翼《つばさ》を大きくひろげることができた。

おまけに、曲線が決め手の大人ペンギンの頭もくずれなかった。

珠子とヒカルは誇《ほこ》らしげな気分で三羽のコウテイペンギンを見つめた。

「うまくいったね、ハムちゃん」

「うん、いい感じ。でも、氷山が富士山にしか見えない」

「富士山にコウテイペンギンかぁ。変わってていいね！」

「うん。……って、よくない！　だいたい、なんでタマゴが作ったお母さんペンギンは、人相が悪いんだ？」

「ハムちゃんが作ったお父さんペンギンだって、へんな福笑いって感じだよ」

ヒカルと珠子は同時にふきだした。笑いすぎておなかが痛《いた》くなった。

ふたりは砂場をかこんでいる壁《かべ》にもたれて、塩キャラメルをなめた。

炎天下《えんてんか》での砂像作りはかなりの重労働で、水分補給《ほきゅう》してもすぐに汗《あせ》になった。体力も、集中力も、一回で使いはたしてしまう。

ヒカルがふと、「なんでタマゴはペンギンが好きなんだろう」と言った。

珠子《たまこ》は視線《しせん》の先にある親子ペンギンの砂像《さぞう》を見つめながら、「惜《お》しいところかなぁ」と答えた。

「コウテイペンギンって、氷の上ではヨチヨチ歩きでかわいいでしょ。でも、水の中では飛ぶように泳ぐんだよ。世界一冷たい海の中でビュンビュン泳ぎながら、深いところまでもぐっていって魚をとるの。テレビで見たとき、『人間が海で暮《く》らしていたら、ペンギンのことをかわいいキャラじゃなくて、かっこいいキャラのグループに分類しただろうなぁ』って思ったの。それがなんか惜《お》しいっていうか……まあ、そういうこと」

「ふーん」

「わたし、生まれ変わるなら、ペンギンみたいになりたいなぁ。みんなが気づかなくても、得意なことがなにかあったらいいなぁって思うの」

「得意なこと、もうあるし。そのお菓子袋《かしぶくろ》、タマゴが作ったんでしょ」

ヒカルは珠子がにぎりしめたクローバー柄《がら》のきんちゃく袋に目をやった。

「パン作りも手芸も上手。砂像だって、あたしよりうまい」

「そんなことないよ」

「ううん。タマゴは才能あるよ。コウテイペンギンだって、かっこよく作れる」

「……そうかな」

「うん、そうだよ」

珠子は勇気がわいてきた。今は下手でも、つづけていけばうまくなるかもしれない。砂像でペンギンのイメージを変えることができたら、どんなにすごいだろうと思った。

——もしかしたら、わたしの前世はペンギンだったりして？

ヒカルの前世がチーターで、自分はコウテイペンギン。

出会うはずのない生き物たちが、真夏の砂場《すなば》で肩《かた》をならべている。

珠子は舌《した》の上で塩キャラメルをころがした。こっくりとしたミルクの甘《あま》みの奥《おく》に感じる海水のようなしょっぱさ。葉をゆらす風の音は波の音にきこえ、空はきらめく海を映《うつ》しているようにどこまでも青かった。

「見て、空飛ぶペンギンだよ」

珠子は泳いでいるときのペンギンにそっくりの形をした雲を指さした。

「魚雷《ぎょらい》にそっくりだ」

「ぎょらい？」

「水中ミサイルのこと。今日、海の向こうからミサイルが飛んできた」

珠子《たまこ》はどきっとして、雲をさしていた手を下ろした。

「朝のニュースで言ってた。海ぞいの町に緊急警報《きんきゅうけいほう》が流れてたよ。うちのおばあちゃん、『甲子園《こうしえん》の高校野球で流れるサイレンは空襲警報《くうしゅうけいほう》の音みたいだ』って言ってたけど、あんな高い音じゃなかった。おそろしい生き物が喉《のど》をならしながら近づいてくるような音だった」

「ミサイル、どこに落ちたの？」

「海」

「じゃあ、陸地に落ちたわけじゃないんだね」

「今回はね。でも、今度飛んできたら、どうなるかわからない。おばあちゃんが言ったとおり、やっぱり戦争はおわってないんだ」

ミサイルをさがすように空を見つめているヒカルに、珠子は「だいじょうぶだよ」と声をかけた。すると、ヒカルは妙《みょう》に明るい声で言った。

「そうだね。あたしたち、シャベルの使い方がうまいから防空壕《ぼうくうごう》を掘《ほ》るときに重宝《ちょうほう》されるよ。ケンペーだって、あたしたちに一目《いちもく》おくに決まってる」

――防空壕《ぼうくうごう》。ケンペー。……ああ、まただ。

ときどき、ヒカルの心はどこかに行ってしまう。
体はここにあるのに、心だけ別の世界に行ってしまう。
そこは灰色《はいいろ》の世界だ。大切な家族を不幸の渦《うず》にまきこむもとになる戦争の世界。
珠子は砂《すな》をぎゅっとつかんだ。
指の間から砂時計のように細い糸になって、砂がこぼれてゆく。
さらさら、さらさら……。
時間は未来に向かって流れ、重力はすべての足を地球につなぎとめている。
理科の授業で習ったとおりのその正しさが、珠子を安心させてくれる。
「喉《のど》かわいた。水飲みに行ってくる」
「わたしも行く」
ヒカルはふいにあっちの世界からもどってくる。
水飲み場に走っていくヒカルを、珠子は追いかけた。
つぎの日も、珠子とヒカルは砂像《さぞう》を作った。
親子のコウテイペンギンも、氷山も、昨日よりうまくできた。

でも、葉真《ようま》に勝てる自信はない。まだまだだ、と珠子《たまこ》は思った。

「葉真、どこで砂像《さぞう》を作ってるんだろう」

作業後、珠子がつぶやくと、「それ、あたしも考えてた」とヒカルが言った。

「葉真の動画、毎日チェックしてるけど、『キメラ対ペンギン編』が最後で、新しいのが投稿《とうこう》されてないの」

「ふーん。なんかあやしい。……んっ？」

ヒカルが砂場《すなば》をかこんでいる壁《かべ》を指さした。

壁の切れ目のところから、ヘルメットのような髪型《かみがた》の頭が見えた。

「あっ、羽衣音《はいね》と愛衣音《あいね》だ！」

うわさをすれば、影《かげ》がさす。葉真の弟たちがタブレットを砂像に向けて撮影《さつえい》していた。

「そこのふたご！　こっちの許可なく撮影するな！」

ヒカルがどなりながらかけよると、羽衣音《はいね》と愛衣音《あいね》は食ってかかってきた。

「オレたち、撮影なんかしてねーし！」

「そうだ、そうだ！」

「どうせ葉真にたのまれて偵察《ていさつ》しに来たくせに。撮《と》った動画を今すぐこの場で消せ！」

「いやだ！　だれが消すもんか！」

ヒカルと珠子がふたりをつかまえようとしたら、愛衣音《あいね》はタブレットをだきしめて走りだした。羽衣音《はいね》も砂煙《すなけむり》をあげて逃《に》げていく。

ヒカルは前髪《まえがみ》の乱《みだ》れをなおすと、ふたりの背中《せなか》を見つめながらつぶやいた。

「あいつら、隠《かく》し撮《ど》りした動画をネットにアップするよ。ぜったいに」

翌朝《よくあさ》、珠子が動画配信サイトをチェックしたら、葉真の新しい動画が投稿《とうこう》されていた。

『ヨーマXが砂像を作ってみた　敵地《てきち》に潜入編《せんにゅうへん》』というタイトルで、葉真が珠子たちの砂像を実況中継《じっきょうちゅうけい》していた。

「なるほど、やつらはペンギンの砂像で勝負するんですね。しかし、このペンギン、三羽とも顔面崩壊《ほうかい》を起こしてます！　そして、この山は富士山でしょうか。砂像で富士山とはダサすぎて鼻からソーセージが出てきそうです！　余裕《よゆう》すぎて歯ごたえがないっつーか、戦い甲斐《がい》がないっつーか……。とにかくみなさん。決戦は八月三十一日！　ヨーマXの応《おう》援《えん》よろしくおねがいします！」

珠子は公園の砂場《すなば》で砂山を作りながら、葉真の動画のことをヒカルに話した。

ヒカルは「やっぱり」と言って、怒《おこ》るどころか声をあげて笑った。そして急に真顔にもどると、フンッと鼻をならした。

「言わせておけばいいよ。あたしたちは練習あるのみ」

「わたし、かっこいいコウテイペンギンが作れるようにがんばる！」

「あたしも。それと、かっこいい氷山！」

その日、珠子《たまこ》とヒカルは集中して砂像《さぞう》を作った。

高みを目指すから、妥協《だきょう》はしない。完成品を見る目は、おたがいに厳《きび》しくなった。

「タマゴが作ったお母さんペンギン、顔のバランスはよくなったけど、翼《つばさ》がいまひとつ」

「じゃあ、別の道具を使って質感を変えてみるね。ハムちゃんのお父さんペンギンも、顔のバランスがよくなったと思う。氷山は角をとがらせるとか、もっとかっこよくできそう」

「わかった。今度作るときは、時間をはかってやってみよう」

「隠《かく》し撮《ど》りに注意しながらね」

砂《すな》をならしたあと、シラベさんのマンションに砂山作りの道具一式を返しに行った。

マンションの駐車場《ちゅうしゃじょう》を出たとき、珠子は通りの向かいにある葉真《ようま》の家を見た。キノコのかさのような屋根。白地に赤い水玉模様《もよう》のカーテンから窓明《まどあ》かりがもれている。クリームシチューの香りが似合いそうな家だ。

——葉真、なにしてるんだろう。楽勝だと思って遊んでるのかなぁ。

これはチャンスだ、と珠子は思った。コツコツがんばって、いつか葉真を追いぬかしてやる。

でも、珠子には砂像だけに集中していられない事情があった。

「ハムちゃん。わたし、明日から進秀学舎《しんしゅうがくしゃ》の塾《じゅく》合宿なんだ。火曜日に帰ってくるの」

夕暮《ゆうぐ》れの坂道を下りながら珠子が打ちあけると、ヒカルは「じゃあ、水曜日に作ろう。それまであたしも勉強がんばる」と言った。

大通りに出たところで、珠子とヒカルは向かいあって、サンドイッチクラブのルールを暗唱した。

「その一。仲良くすること」

「その二。約束を守ること」

「その三。悲しいときやイライラしたときは……」

両手をぱちんと合わせて、「ポンデケージョ！」

珠子《たまこ》がマンションに着いたときは、すっかり日が暮《く》れていた。

ぬるいシャワーをあびながら、壁《かべ》にはりつけた四字熟語《じゅくご》や歴史の年号を声に出して読んだ。「枝葉末節《しようまっせつ》」は覚えたので、透明《とうめい》ラップをはがして洗面所《せんめんじょ》のゴミ入れに捨《す》てた。

さっぱりした気分でリビングのドアを開けると、夕食が用意してあった。珠子はテーブルにつくなり、ゴマだれがかかった豚肉《ぶたにく》にかぶりついた。

「焼けたねえ」

珠子の向かいにすわった母親が、頬《ほお》づえをついて珠子の顔をじろじろ見た。

「鼻の頭がまっか。トナカイみたい」

「塾《じゅく》の行き帰りに日焼けしたんだと思う」

「ふーん。それはごくろうさまなこと。ずいぶん遠回りして通ってるのねえ。最近、帰りがおそいけど、なにか楽しいことでもあるの？」

「……べつに。友達としゃべってるだけ」

「ママは遊んじゃダメとは言わないよ。でも、この前の進秀学舎《しんしゅうがくしゃ》のテスト。あれ、どうなの？　遊んでる場合？」

「遊んでなんかないよ。朝ごはん食べる前に勉強してるし、塾でもやってる。家に帰ってからもやってるし、さっきお風呂場《ふろば》でもやったし」

「でも、結果があれではどうしようもないでしょ。明日から合宿なのに、遊んでばかりで大丈夫《だいじょうぶ》なの？　珠ちゃん、本当に受験する気があるの？」

珠子は豚肉《ぶたにく》についたネギを箸《はし》でよけながら、「今日の冷やししゃぶしゃぶ、肉がちょっとかたい」とつぶやいた。

「そうやってごまかさないの。合格したいんだったら、明日からがんばらないと。それから、鬼《おに》おろしはどこにやったの？　大根をおろそうと思ったら、なくてこまったんだけど」

「…………」

その夜、両親が寝静《ねしず》まったころ、珠子は洗面所《せんめんじょ》の流し台に調理道具をひろげた。

水音を立てないように気をつけながら、鬼《おに》おろしやバターナイフを丁寧《ていねい》に洗《あら》った。

調理道具を公園の砂場《すなば》で使っていたと知ったら、お母さんはどんな顔をするだろう。

砂が小さな竜巻《たつまき》を描《えが》きながら排水口《はいすいこう》に流れていった。

# 9

# 塾《じゅく》合宿と夢の国

早朝、珠子《たまこ》は目覚まし時計の音で目を覚ますと、ベッドサイドの携帯《けいたい》を手に取ってヒカルにメッセージを送った。

「これから合宿。着いたら連絡《れんらく》するね」

出がけに着信音が鳴った。

「連絡不要。おたがい集中しよう」

そうだ、これから勉強しに行くんだった。ヒカルのぶれない姿勢《しせい》が珠子の心を引きしめた。珠子は携帯《けいたい》を机《つくえ》の引きだしにしまって家を出た。

宿舎に到着後、ひと休みする間もなく、テストをした。宿舎はクラスごとにわかれていて、食事と入浴以外は授業と自習とテスト。毎日十二時間、関東地区の全校舎から集まってきた塾生《じゅくせい》たちといっしょにハチマキをして勉強した。

三日目の夜、キャンプファイヤーが行われた。

宿舎近くの会場に向かっているとき、珠子は山の斜面《しゃめん》にそってブランコのようなものが空中に浮《う》かんでいるのに気づいた。

「あっ、ゴンドラだ。ここってスキー場だったのかぁ」

青草におおわれた地面は、冬になるとあたり一面真っ白になるのだろう。珠子は山頂から滑《すべ》りおりてくる人たちを想像しながら、「雪やこんこ　あられやこんこ」と歌った。

「お客様、今は夏ですよ」

背後《はいご》から肩《かた》をたたかれた。ふりかえると、ちずがニヤニヤしていた。

「ついに、珠子ちゃん、こわれちゃった？」

「うん。ちずちゃんのホテルはどこ？」

「ここからバスで五分くらいのとこ。スクランブルエッグがすっごくまずいの。でも、朝ごはんにイチゴ味のジョアが出るんだ」

「うちのホテルは毎日ヤクルト」

珠子《たまこ》はふと、ヒカルの家の仏壇《ぶつだん》を思いだした。ヒカルのおばあさんの写真の横に、「アメリカ合衆国《がっしゅうこく》大統領就任成就《しゅうにんじょうじゅ》」の紙とならんでヤクルトがおいてあった。

——ハムちゃん、元気かなぁ。

あれからミサイルはどうなったのだろう。この三日間、テレビを見てない。

「ねえ、珠子ちゃん。あさっては塾《じゅく》休みだから、ユニバーサルランドに行かない?」

「………」

「ねえ、きいてる?」

「あっ。えっと、マドックは?」

「合宿の次の日だからお休みするよ。珠子ちゃん、ユニバーサルランド行けるでしょ」

「あ、うん……」

キャンプファイヤーの会場は大きな駐車場《ちゅうしゃじょう》だった。組んだ薪《まき》に火がともされて、夕闇《ゆうやみ》に炎《ほのお》が大きくたちのぼった。クイズや先生たちのものまね合戦で会場は大いに盛《も》りあがり、歓声《かんせい》が夜空にひろがった。

塾長《じゅくちょう》がおわりのあいさつをしているとき、薪《まき》が盛大《せいだい》にくずれた。暗闇《くらやみ》で火の粉がおどっているのを見て、珠子は砂像《さぞう》がこわれる瞬間《しゅんかん》を思いだした。

――そうだ、あさっては砂像を作るんだった。ちずちゃんにちゃんと言わなくちゃ。

珠子は首をのばしてちずをさがした。知ってる顔も、知らない顔も、炎《ほのお》に照らされて熟《じゅく》した柿《かき》のように赤かった。

塾長《じゅくちょう》のかけ声に合わせて、みんなが夜空に向かって拳《こぶし》をつきあげた。

珠子は気もそぞろで、ぎこちなく拳《こぶし》をつきあげた。

そこでキャンプファイヤーは幕《まく》をとじ、珠子はちずに会えないまま宿舎にもどった。

地面にぎゅうぎゅうづめにならんだ建物。

五線譜《ごせんふ》のような送電線に、雲の音符《おんぷ》があらわれては青空に夏のメロディーを奏《かな》でている。

珠子は遊園地に向かう電車に乗っていた。

結局こういうことになったのは、今朝、ちずの母親から電話があったからだった。

珠子の母親は電話を切ると、「勝手に約束して。ちずちゃんとユニバーサルランドに行くなんてきいてなかったよ。マドックにもお休みの連絡《れんらく》をしないといけないんだから、事前に言って」と珠子に文句を言った。

母親をまきこんだ以上、ほかに用事があるから行けないとは言えなかった。

珠子《たまこ》はヒカルに電話して事情を話した。ヒカルは「わかった。では、明日」と言った。

いつもどおり、むだのない、さっぱりした話し方だった。

珠子が向かいの窓《まど》をぼんやりとながめていたら、ちずの顔が横からぬっとあらわれた。

「珠子ちゃん、なんか元気ないね。乗り物酔《よ》い？」

「ううん。すこしつかれただけ。昨日、こわい夢を見たんだ」

ヒカルと電話した夜、珠子はめずらしく夢を見た。

おそろしい夢だった。ヒカルのおばあさんが描《か》いた紙芝居《かみしばい》にそっくりの夢。

心臓《しんぞう》がばくばくして、しばらく寝《ね》つけなかった。

「あのね、クジラみたいに大きなミサイルが落ちてくるの。校庭の砂場《すなば》に穴《あな》を掘《ほ》って避《ひ》難《なん》しようとするんだけど、掘っても掘っても砂がくずれて穴が深くならないの。『ミサイルにぶつかる！』と思った瞬間《しゅんかん》、目が覚めた」

珠子が大きなあくびをすると、ちずは「わたしも超《ちょう》だるい。塾《じゅく》合宿、きつかったもん。毎日、笹風流斗《ささかぜりゅうと》さんの写真をながめて乗りこえたよ」とため息をついた。

電車を降《お》りると、軽快な音楽がきこえてきた。

ゲートの向こうは夢の国。珠子とちずはどちらともなく走りだした。

「うわぁ、すごい人だね」

「夏休みだもん、しょうがないよ」

珠子とちずはきょろきょろしながら、来場者でにぎわうアーケードを通りぬけた。

アトラクションをいくつか楽しんだあと、園内をぶらぶらしていたら、ちずが「ねえ。あの子、杏《あん》ちゃんじゃない？」と言って、手足の長い小学生モデルのような女の子を指さした。

「あっ、ほんとだ。杏ちゃんだ！」

ジューススタンドにいた杏に声をかけると、杏はびっくりして、「え〜っ、ちずちゃんたちも来てたの⁉」とうれしそうな顔をした。

「超偶然《ちょうぐうぜん》！　わたしも珠子ちゃんと来たんだ」

「わたしもだよ。この子、学校の友達のサラサ」

杏はそう言って大柄《おおがら》な女の子と腕《うで》を組んだ。

「そのジュース、なあに？」

「マンゴージュース。おいしいよ」

「じゃあ、買おうかな。珠子ちゃんは？」

「うん、買う!」

珠子《たまこ》とちずがジュースを買う列にならんでいるあいだ、杏《あん》とサラサちゃんはその場で待っていてくれた。

「わたしたち、これからドリームラッシュ・マウンテンに乗るんだけど、ちずちゃんと珠子ちゃんも行かない?」

「うん。珠子ちゃん、行こう」

アトラクションの乗り場に着くと、九十分待ちと表示が出ていた。珠子たちは列の最後《さいこう》尾《び》にならんでマンゴージュースを飲んだ。

杏がのろのろと前進しながら言った。

「昨日、聖葉《せいよう》女学院の今年の入試問題を解いてみたんだ。何点だったと思う? 算数二十九点だよ。もう笑うしかないって感じ」

「あそこの算数はムズいよね。わたし、聖葉女学院はチャレンジ校だから半分あきらめてる」

ちずがそう言うと、杏は「わたしもそうしたいけどムリ。聖葉女学院に落ちたらアメリカの学校に行くって、パパとママと約束しちゃったから」と長いまつげをふせた。マンゴージュースを飲んでいた珠子は、おどろいて顔を上げた。

「アメリカって、杏ちゃんひとりで行くの?」

「うん」

「英語しゃべれるの?」

「ぜーんぜん。だから、いやなの。あ~神様、どうか聖葉女学院に合格させてください。ビリでも補欠《ほけつ》合格でもいいですから、どうかこのとおり!」

杏が空を見上げてお祈《いの》りした。ちずがぼそっとつぶやいた。

「わたしもすべりどめでいいから受かりたい。わたしを無視《むし》する子たちと同じ中学にはぜったい行きたくない」

「えっ。それって、一組の子?」

「うん。でも、気にしてないから。あんなレベルの低い子たちとつきあいたくないし」

つんとすましたちずの横顔を見て、珠子はとなりの教室でそんなことが起きていたなんて、と思った。たまにちずが人を見下したような発言をするのは、自分を守るためなのかもしれない。そう思うと、珠子は胸《むね》が痛《いた》くなった。

——みんな、いろいろあるんだなぁ。

志望校を落ちたら、海外に飛ばされる杏《あん》。

クラスメートと同じ中学に行きたくないちず。

ふたりにくらべたら自分の受験の動機はぼんやりしている、と珠子《たまこ》は思った。

そもそも、新しい自分に変わりたいから勉強してるってどうなんだろう。

そうだ、サラサちゃんは？

珠子はサラサちゃんに「受験する？」ときいてみた。すると、サラサちゃんはにこにこしながら「しなーい」と答えた。

「はいはい、この話はもうおしまい。しりとりしよう」

杏の提案でしりとりをはじめた。つづいて、イントロクイズ。はじめはまじめに答えていたけど、ちずがみんなの知らない歌を歌いだしたあたりからうやむやになった。

「もうすぐだね」

杏が首をのばして列の先頭を確認《かくにん》した。

ジェットコースターがプラットホームにすべりこんでくるのが見えた。

「うわ～、ドキドキしてきた！」

珠子が足ぶみしたそのとき、着信音がした。リュックのサイドポケットから携帯《けいたい》をとりだすと、ヒカルから「楽しい？」とメッセージが入っていた。珠子は返事を打った。

「うん。杏ちゃんと友達に会ったよ。これから四人でジェットコースターに乗るところ」

珠子がメッセージを送ると、すぐに返事がきた。ヒカルがこんなに早く反応するなんてはじめてだ。

「友達ってだれ？」

「サラサちゃん。偶然《ぐうぜん》会ったよ」

「松崎サラサ。同じクラスの子だ」

列が前進した。着信音がまた鳴った。送信者はヒカル。

メッセージは「永久追放。タマゴはルール違反《いはん》」

それからも着信音は鳴りつづけて、同じメッセージが五通も届《とど》いた。

――ハムちゃん、どうしちゃったんだろう。

「ルール違反《いはん》」ってどういうこと？　なぜ同じメッセージを立てつづけに？

珠子がとまどっていると、ちずが「それ、捨《す》てないと乗れないよ」と珠子のマンゴージュースを指さした。

もうすぐ列の先頭だ。乗り場が目前に迫《せま》っている。

珠子《たまこ》はズボンのポケットに携帯《けいたい》をしまって、マンゴージュースのカップをゴミ箱に捨《す》てた。

ジェットコースターがカタカタと音を立てながらレールをのぼっていく。腰骨《こしぼね》に携帯《けいたい》の振動音《しんどうおん》が伝わってくる。電話だ。きっと、ヒカルからだ。

「どうしよう。どうしよう」

となりにすわっているちずが笑った。

「珠子ちゃん、超《ちょう》ビビッてる」

「そんなんじゃない」

「フフッ、強がっちゃって。上っていくときは息をいっぱいすいこんで、下っていくときに全部はきだすと怖《こわ》くないよ」

ジェットコースターは地上からどんどん遠ざかって、空に近づいていく。レールがだんだんと短くなり、ついには消えた。

ジェットコースターが停止すると、なぜか携帯《けいたい》の振動音《しんどうおん》もとまった。

つぎの瞬間《しゅんかん》、まっさかさまに地面に落ちた。

「キャァァァァァァァ！」

珠子はあらんかぎりの声をはりあげた。

上に下に、右に左に、体も心も激《はげ》しくゆさぶられる。

――もう、わかんないことばっかり！

ヒカルのこと。受験のこと。

頭の中がこんがらがった毛糸のようになって、糸口が見つからない。

珠子を乗せた暴走列車は、猛《もう》スピードで赤銅色《しゃくどういろ》の岩山をかけぬけていく。

「ギャァァァァァァ！」

ちずも呼吸法《こきゅうほう》をわすれてさけんだ。途切《とぎ》れることなく、ふたりでさけびつづけた。

ほどなくして、追い風に流されて色だけになった景色が、形をとりもどした。

乗り場に到着《とうちゃく》すると、ガタガタという音がやみ、暴走列車はおとなしくなった。

乗客が追いたてられるように出口に進んでいくなか、珠子は足もとをふらつかせながら携帯《けいたい》をとりだした。ヒカルに電話をかけなおしたけど、応答がなかった。

「珠子ちゃん、どうしたの？」

「うん、ちょっと……」

電話はあきらめて、「明日ペンギン作ろうね。マドックで待ちあわせだよ」とメッセージを打った。

「後ろの人が迷惑《めいわく》してるよ。さっさか歩いて」

ちずが背中《せなか》をおした。

珠子《たまこ》は送信完了《かんりょう》を確認《かくにん》すると、急いで携帯《けいたい》をしまった。

# 10

# クビと棄権《きけん》

遊園地に行った翌日《よくじつ》から、進秀学舎《しんしゅうがくしゃ》の夏期講習の後半戦がはじまった。

授業後、珠子《たまこ》がマドックに向かって歩いていたら、杏《あん》と会った。

「昨日は楽しかったね」

「うん。ハムちゃん、マドックにいる？」

「いたけど、もう帰ったよ。いつもの風呂敷《ふろしき》持って」

珠子は「えっ」と言ったまま、杏を見つめた。

——メッセージ送ったのに、先に行っちゃうなんて。

ヒカルから返事はなかったけれど、きっと読んでいるはずだ。

珠子《たまこ》は走って公園に向かった。汗《あせ》をぬぐいながら遊具の間を通りぬけると、砂場《すなば》をかこんでいる壁《かべ》の向こうにヒカルの姿《すがた》が見えた。

「あっ、ハムちゃん」

ヒカルは砂像《さぞう》を作っていた。お父さんペンギンだけでなく、珠子が作るはずのお母さんペンギンと赤ちゃんペンギンまで仕上げていた。そして、氷山も。

——えっ？　形が、ちがう……。

ふたりで考えた氷山とは似ても似つかないものが、そこにあった。富士山にも見えない。でも、なぜか既視感《きしかん》があった。長い岩のかたまりを束ねたような山を、珠子はどこかで見たような気がした。

ヒカルがふりかえった。ナイフみたいに鋭《するど》い目で珠子を見た。

「タマゴはウソをついた」

「ウソって？」

「杏《あん》に偶然《ぐうぜん》ユニバーサルランドで会ったなんてウソ。はじめからいっしょに行く約束をしてたんだ」

「ううん、たまたま会ったの。わたし、行くつもりなんてなかったの。でも……」

ヒカルは「ウソだ！」とさけぶと、顎《あご》をぐっと下げて上目づかいで珠子をにらんだ。

「あたしはさそわれなかった。さそわれたって行けないけど、さそわれなかった」

ヒカルが腕《うで》をふりあげた。錆《さ》びたテーブルナイフがお父さんペンギンの頭につきささって、親子もろともくずれた。

「サンドイッチクラブのルールその二は？」

「……約束は守ること」

「タマゴはルール違反《いはん》を犯《おか》した。よって、今日かぎりでクビ。あたしはひとりで葉真《ようま》と戦う」

ヒカルは珠子に背《せ》を向けると、氷山をこわしはじめた。

そのとき、珠子ははっとして息を飲みこんだ。

——あれは氷山じゃない。ドリームラッシュ・マウンテンの岩山だ。

気づいたとたん、視界《しかい》がぐにゃりとゆがんだ。暑いのに寒気《さむけ》がして手足がふるえた。

珠子は公園を出た。そこからどうやって家に帰ったのかわからない。気がついたら、ベッドの中にいた。

耳もとでファンファーレが鳴っている。

珠子《たまこ》はつっぷしたままベッドサイドに手をのばして目覚まし時計をとめると、携帯《けいたい》をつかんだ。

新しいメッセージはゼロ。

珠子は胸《むね》の上に携帯《けいたい》をのせて目をとじた。まぶたの裏《うら》に、砂《すな》の岩山がぼんやりと浮かびあがった。

――ハムちゃんも行きたかったんだ。それなのに……。

以前、ヒカルは「世界があたしを置きざりにするつもりなら、ダッシュして先頭に立ってやる」と言った。珠子はいつもヒカルの側にいると思ってきた。でも、本当は置きざりにした側にいた。気づかなかったから、無自覚にヒカルを傷《きず》つけてきた。

珠子はお金がないって不幸だ、と思った。

――じゃあ、わたしやほかの子たちは幸せ?

ヒカルはアメリカに行きたいと思っている。

杏《あん》はアメリカに行きたくないのに、行かされるかもしれない。

お金があればチャンスをつかみやすいかもしれないけど、それで幸せになれるかといえば、そうじゃない気がした。

ちずだって事情があって私立《しりつ》中学をめざしているけど、実現するかどうかはわからない。

珠子だって、うまくいかないことばかりだ。

でも、ヒカルから見たら、それもぜいたくな悩《なや》みなんだろうか。

「はぁー、重たいなぁ」

珠子はベッドの上で腕をひろげた。心も体も鉛《なまり》のように重たい。

塾《じゅく》合宿から帰ってから、気だるい気分がつづいていた。

その日、珠子は体調が悪いと言って、進秀学舎《しんしゅうがくしゃ》を休んだ。

翌日《よくじつ》は土曜日だったけど、マドックにも行かなかった。

日曜日の昼すぎ、ヒカルにあげるつもりだった遊園地のおみやげのクッキーを食べながらテレビを見ていたら、両親が店からもどってきた。

「ただいま」

「あ、ママ。もう帰ってきたの？」

「うん。用事があるから着替《きが》えにもどってきたの。具合はどう？」

「まあまあ」

家族そろって昼食をとった。デパ地下で買ったうな重はまだあたたかくて、こうばしい甘辛《あまから》のたれのにおいが食欲《しょくよく》をそそった。

父親は黄色いたくあんをぽりぽりかじりながら、「パパが子どものときは、夏休みのこんな時間に家にいたことなんてなかったぞ。毎日野球で、勉強なんかそっちのけだった。珠子《たまこ》の学校じゃ、クラスメートのほとんどが受験するんだろ」と言った。

珠子はうな重をたいらげて、冷えた緑茶を飲んだ。体はだるいのに、なぜか食欲《しょくよく》は落ちなかった。

そのとき、母親が不意打ちのように「明日は塾《じゅく》、どうするの？」ときいてきた。

喉《のど》の奥《おく》が、くぅ、と鳴った。

「いやなら、やめてもいいよ」

母親は箸《はし》をおいて珠子を見つめた。

「パパの少年時代じゃないけど、珠ちゃんはのびのび育ってくれればいいって思ってた。困難《こんなん》に立ちむかえる体力と知恵《ちえ》と忍耐《にんたい》と夢と希望と集中力と冷静さと冒険心《ぼうけんしん》があればなんとかなるってね」

そこで父親が口をはさんだ。

「ママ、ちょっと多いんじゃないかな。はじめの三つぐらいでいいと思うよ」

「ああ、そうね。じゃあ、困難《こんなん》に立ちむかえる体力と知恵《ちえ》と忍耐《にんたい》さえあれば、なんとかなるって思ってた。でも、去年の春、まわりのママたちから中学受験の話をきいて、進秀《しんしゅう》学舎《がくしゃ》の説明会におじゃましたら、ふしぎとあせっちゃって……。塾《じゅく》に通いだしたら通いだしたで、『途中棄権《とちゅうきけん》はもったいない。なんとしてでもゴールさせなくちゃ』って気持ちになった。正直言って、中学受験がこんなに大変だとは思わなかった」

父親は緑茶を飲んでうなずいた。

「珠ちゃんはここまでよくがんばってきたよ。四年生から塾《じゅく》に通いはじめる子が多いなかで、珠ちゃんは一年分以上のハンディがあるのに、文句も言わずにみんなと競《きそ》いあってきた。それなのに、ママ、怒《おこ》ってばかりいたよね。そのくせ、まわりに流されて受験を後《あと》押《お》しした後ろめたさもあって、あなたが調理道具を持ちだしてどこかで遊んでいることを言えずにいた」

「……………」

「受験しないからといって、ママもパパもあなたに失望しない。さじを投げたりもしない。珠ちゃんにとっての幸せはママたちの幸せだから、珠ちゃんの決断をそのまま受けとめる」

そこで母親は一拍《ぱく》おいてから、もう一度たずねた。

「塾《じゅく》はどうするの？　つづけるの？」

「……やめる」

「わかった。進秀学舎《しんしゅうがくしゃ》もマドックもやめるのね」

「やっぱりやる」

「どっちよ？」

母親が笑った。父親もつられて笑った。

わたしは両親に守られている、と珠子は思った。

目の前の人たちから愛情と、愛情を形に変えたものをたくさんもらってきた。ここには洗《あら》いたてのタオルのようなふんわりした安心感がある。

テレビから笑い声がきこえてきた。ベランダを見ると、干《ほ》した白いベッドシーツが風に吹《ふ》かれてふくらんだりしぼんだりしている。

——あ、プールのにおい。

珠子《たまこ》はヒカルの家のにおいを思いだした。

整頓《せいとん》のゆきとどいた古い部屋にただよう、漂白剤《ひょうはくざい》のにおい。ヒカルの家族をとりまく重苦しいものをはらいおとそうとするような、あのにおい。

――仏壇《ぶつだん》。ヤクルト。アメリカ合衆国大統領《がっしゅうこく》就任成就《しゅうにんじょうじゅ》。防毒マスク。自動掃除機《そうじき》。タンポポの葉のおかゆ。怖《こわ》い紙芝居《かみしばい》……。

珠子の頭の中にイメージがつぎつぎにあらわれては消えていく。

――三色そぼろ弁当。バターチキンカレー。水色のサマードレス。ミサイル。あらかじめ日記。暗記パン。人生やりなおし機。キャンプファイヤー。ドリームラッシュ・マウンテン。コウテイペンギン。チーターの砂像《さぞう》……。

珠子はからっぽの弁当箱を見つめて言った。

「目標がちゃんとあって勉強してる人には勝てない」

「じゃあ、塾《じゅく》を全部やめるのね?」

珠子はこくんとうなずいた。

# 11

## 葉真《ようま》とヒカル

雨のふる朝は、眠《ねむ》い。

珠子《たまこ》はひんやりした場所を求めて、シーツの上を寝転《ねころ》がりながらとろとろと眠った。

日が高くなるにつれて不快感が増し、暑さにたえきれなくなってベッドを出た。

リビングの時計は十時をすぎていた。家にはだれもおらず、テーブルにはおにぎりとトマト入りスクランブルエッグがおいてあった。

珠子はテレビをつけて、おそい朝食をとった。ベランダに目を向けると、雨はすでにあがっていて、ヘチマが太陽の光をあびてきらきらとかがやいていた。

「あー、ひまだなぁ」

塾《じゅく》をやめると決めて、四日がすぎた。

作りたいものを作れる時間ができたのに、やる気が起きなかった。

なにもしていないと、ふとした拍子《ひょうし》に塾のことやサンドイッチクラブのことを思いだした。そのたびに珠子はとりのこされたような気分を感じた。そして、後ろめたさも。

珠子は食事をすますと、気分転換《きぶんてんかん》に帽子《ぼうし》をかぶって家を出た。

マンションの駐輪場《ちゅうりんじょう》から自転車を出して、ぬれたアスファルトの上を走った。

近所の公園の前を通りすぎようとしたとき、フェンスの向こうに人影《ひとかげ》が見えた。

珠子は自転車をとめて中をのぞいた。

「あっ、葉真《ようま》だ!」

全身黒ずくめの葉真が、タブレットをかまえて砂像《さぞう》を撮影《さつえい》していた。

――ライオン？　それとも、キメラ？

手前のすべり台がじゃまで見えない。珠子はフェンス側に自転車をよせてスタンドを立てると、公園の中に入った。葉真に近づいていって、「わっ!」とおどかそうとしたら、いきなり葉真がふりかえった。

「ゲッ、マジか!」

珠子《たまこ》に気づいた葉真《ようま》はタブレットをベンチにおくと、大あわてで黄金のシャベルで砂像《さぞう》をこわしはじめた。

「あーあ、もったいない。気にすることないのに」

「勝手に見るな！　偵察《ていさつ》しにくるんじゃねー！」

「それはこっちのセリフ。ネットに隠《かく》し撮《ど》りした動画をアップしたくせに」

「あれはオレじゃない。弟たちが勝手に撮《と》ってきたんだ。まあ、オレがなにを作ってたのか、ハムに言いたきゃ言えばいいさ。オレは痛《いた》くもかゆくもねーし」

「言わないよ。だって、ハムちゃんはひとりで作るって言ったから」

「えっ、サンドイッチクラブもうやめたのか。はやっ！　秒速解散じゃん！」

葉真がケラケラ笑った。珠子は砂場《すなば》にしゃがみこんで、雨でしめった砂をつかんだ。

「あいかわらず口が悪いなぁ。そういう言い方をされると傷《きず》つくんだけど」

葉真は黄金のシャベルを砂につきさすと、「甘《あま》ったれんな」とつきはなした。

「砂像ってのはひとりで作るもんなんだ。シラベさんだってそうだろ。これ、常識」

「今のシラベさんのものまね？」

「わかった？」

「うん」

「じゃ、笑えよ」

「笑わない。話をもとにもどすけど、ふたりで作っちゃいけないルールはないでしょ。そっちこそ、いつもひとりで作ってるけど、友達がいないんじゃないの？」

「バーカ。いるよ。でも、砂像作りに友達はいらない。だって、ライバルはこのオレだから」

「フフッ、かっこつけちゃって」

「かっこつけてない。かっこいいんだよ」

「はいはいはいはい。家から遠いのに、よくこんなところで作ってますねえ。そんなにわたしたちにばれるのがいやなんだ？」

「ちがうよ。ここは地味な公園だけど、オレが知るかぎりこのへんでトップクラスの砂なんだ」

「ふーん。くわしいんですねえ」

「オレをなめんなよ。うちから半径三キロ以内にある公園の砂は全部知ってるぜ。『素材がダメじゃいい作品ができない。これ、常識』ってシラベさんが言ってたから」

葉真《ようま》はベンチにおいてあったコーラをつかむと、ごくごく飲んだ。細い首に汚《よご》れた二本の線がついていて、その間で喉《のど》のふくらみが上下に動いている。「プハーッ。んめぇ！」とペットボトルを空に向かってかかげたついでに、大きなげっぷをした。

それにしても、公園の砂《すな》の善《よ》し悪《あ》しを調べていたなんて……。それだけ砂像《さぞう》と真剣《しんけん》に向きあってるんだ、と珠子《たまこ》は思った。

「シラベさんとは前から知りあいなの？」

「うん。シラベさんがうちの前のマンションに引《ひ》っ越《こ》してきたときからのつきあい」

「ふーん」

「五年生のとき、公園に行ったら、知らないおじさんがベンチにすわってたんだ。そのときは自由業の人がちょっと休憩《きゅうけい》してるんだろうと思って気にしなかった。オレの父さん、フリーの広告デザイナーだから、自由業の人とサラリーマンじゃ一日のすごし方がちがうって知ってたから。で、そのおじさんは毎日来た。缶《かん》コーヒー持って、ベンチでぼーっとしてるんだ。しかも、見た目があんなだろ。ダメな大人なんだと、オレは納得《なっとく》したわけ。でも、あるとき友達と砂場で遊んでたら、だれかが残した砂山をおじさんが枝でけずりはじめて……。シラベさん、枝一本で白鳥の砂像を作ったんだぜ。マジ、目が点。『なんだ、このオッサン⁉』と思って、弟子《でし》入りを決めたってわけ」

「へえ」

珠子はちょっぴり感心した。葉真って調子がいいだけのヤツと思っていたけど、ちゃんと考えたり、人を見たりしてるんだ。

「シラベさんはいいよなぁ。一か月の半分働いて、あとの半分は休み。だれもいない砂《すな》浜《はま》で、朝日がのぼるのと同時に作業して、夜になると波の音をききながらテントの中で眠るんだ。砂がある場所ならどこへでも出かけていって、でっかい砂像を作るって最高じゃね？　シラベさんにとっちゃ、世界はまるごと大きな砂場なんだ」

葉真は空を見上げた。珠子はシラベさんにそっくりな格好をした葉真に、「もしかして、砂像アーティストになりたいの？」ときいた。

「うん。うちの家族はみんなアーティストなんだ。父さんも母さんもデザイナー。じいちゃんは建築家だし、おじさんはイラストレーターだ。オレもアーティストになりたいけど、致命的《ちめいてき》な問題があって……。家の中でじっとしてられないんだ」

「それで砂像アーティストってわけ？」

「そう。今はこんなちっぽけな砂場で作ってるけど、いつかはオレも日本を出て、世界で勝負する。そんで、砂像《さぞう》アーティスト兼《けん》ユーチューバーとして有名になりたい。いや、ぜったいなる！」

「冗談《じょうだん》じゃなかったんだ……」

「はい？」

「あっ、前に羽衣音君《はいね》が『葉真《ようま》はアーティストだから』って言ったの。ほんとにそうなりたいんだとは思わなかった」

「タマゴはどうなんだよ。なんで砂像、作ってんの？　アーティストになりたいのか」

「そんなんじゃない。将来《しょうらい》のことなんて、まだわかんない」

「そっか。よかった。コンビニじゃねーし、砂像アーティストがゴロゴロいても世の中まわっていかねーからな。未来の砂像アーティストはオレだけでいい」

「はいはい、あなたのじゃまはしませんよ。わたしは楽しいからやってるだけ」

「じゃあ、ハムとやればいいじゃん」

「うーん……」

「タマゴはおひとよしなんだよ。飽《あ》くなき欲求《よっきゅう》のままに生きろよ」

珠子《たまこ》はぽかんと口を開けて、プッとふきだした。

――でも、欲求《よっきゅう》ってなに？

なにかを強くもとめる気持ちだとしたら、今ほしいのはまさにそれだ。

その気持ちに一番近いところにあるものはなんだろう。そう思ったとき、頭に浮《う》かんだのはコウテイペンギンだった。

氷山の前でたたずんでいる、親子のコウテイペンギンの砂像。

もう二度とあの砂像をヒカルといっしょに作れないと思うと、涙《なみだ》がこみあげてきた。珠子はあわてて葉真に背中《せなか》を向けた。

「やべっ。あばら骨《ぼね》と肩《かた》の筋肉《きんにく》のつきかたを確認《かくにん》するの、わすれた」

葉真が立ちあがる気配がした。珠子がふりかえると、葉真はからになったペットボトルをゴミ箱に放って、「いつまでここにいるんだよ。おまえがいると作業できないだろ」と迷惑《めいわく》そうな顔をした。

珠子はむっとした。勝手なヤツ。すがすがしいほど自己《じこ》中心的。

しょうがないなぁ、と言いながら珠子はのろのろと立ちあがった。キュロットスカートについた砂《すな》をはらって公園を出ようとしたら、葉真に「おいっ」と呼びとめられた。

「おまえら、いいコンビだったぜ。でもな、そっちがひとりでやろうが、ふたりでやろうが、関係ない。オレが勝つ。ぜったい勝つからな！」

葉真《ようま》に会った翌朝《よくあさ》、珠子《たまこ》はおそい朝食をとりながら、「今日はなにをしよう」と考えた。夏休みの宿題や、散らかった机《つくえ》の整理。やるべきことはたくさんあった。

食器をかたづけているときだった。アサリのみそしるが入っていたおわんの底に砂《すな》がたまっているのに気づいた珠子は、「あ」と声をこぼした。

――「あばら骨《ぼね》と肩《かた》の筋肉《きんにく》のつきかた」ってなんだろう。

葉真がつぶやいた言葉。あれはどういう意味なのか。

珠子はパソコンを立ちあげると、「コウテイペンギン　骨《ほね》」と入力した。瞬時《しゅんじ》に検索《けんさく》結果が出た。画面にあらわれたコウテイペンギンの骨格《こっかく》標本を見て、珠子は思わず「長っ！」と声をあげた。寸胴《ずんどう》で短足に見えたコウテイペンギンの足の骨《ほね》が、思いのほか長かったのだ。

骨が九十度に曲がっていて、横から見るとイスのようだった。フリッパーとよばれる翼《つばさ》の部分も、珠子が想像していたよりもうんと長くて、四つの骨のパーツが組みあわさってできていた。

ネットの解説文には「どちらの骨も海の中で泳ぎやすいように、長い時間をかけてこのような形に進化した」と書いてあった。

空ではなく、海を選んだコウテイペンギン。

極寒《ごっかん》で生きる鳥たちの意思《いし》のようなものが、骨格《こっかく》標本から伝わってきた。「見た目だけで判断しないで」と、その骨《ほね》は訴《うった》えていた。

珠子は自分の部屋に行って、塾《じゅく》用のリュックに入れてあった親子ペンギンの写真をとりだした。

「翼《つばさ》が骨《ほね》の形にそって曲がってる。羽根《はね》におおわれていても、骨の形ってわかるもんなんだ」

前にシラベさんが「砂像《さぞう》は色がないから、形と表面の質感で表現しないといけない」と言ったけど、こういったところを丁寧《ていねい》に作っていけば、かっこいいペンギンになるかもしれない、と珠子は思った。

――今すぐためしてみたいなぁ。

羽根の内側に秘《ひ》めたコウテイペンギンの意思が伝わるような砂像を作ってみたい。

でも、ハムちゃん、ゆるしてくれるかなぁ。

そのとき、心の奥《おく》から「飽《あ》くなき欲求《よっきゅう》のままに生きろよ」と葉真《ようま》の声がきこえてきた。珠子《たまこ》は窓《まど》の外を見た。空はからりと晴れている。窓ガラスに映《うつ》った自分と目を合わせてうなずくと、出かける支度《したく》をはじめた。

珠子は公園の駐輪場《ちゅうりんじょう》に自転車をとめて、シラベさんのマンションの駐車場にはじめてひとりで入っていき、木の板と筋《きん》トレシャベルとバケツを拝借《はいしゃく》した。両手いっぱいにかかえて砂場《すなば》に行くと、だれもいなかった。独占《どくせん》状態だ。

珠子は砂場の中心に木の板をうめて四角形を作り、筋《きん》トレシャベルで砂をひとすくいした。

ひさしぶりの砂の感触《かんしょく》。うれしくて無我夢中《むがむちゅう》で砂山を作った。

砂と水がなじむのを待っているあいだ、麦茶をがぶがぶ飲んだ。水筒《すいとう》がからっぽになると、児童館の売店に走っていった。サイダーを飲みながら砂場にもどってきたら、ヒカルがいた。

ヒカルは珠子を一瞥《いちべつ》すると、風呂敷包《ふろしきづつ》みとリュックを地面に下ろして、頭にタオルをまきつけた。珠子の砂山から無断で木の板を引っこぬいて、砂場のうんとはなれたところにうめた。

ヒカルの態度に怖《お》じ気《け》づきそうになった珠子は、心の中で「欲求《よっきゅう》！」と喝《かつ》を入れた。

――わたしはやる。ぜったいにやるんだ。

珠子は青空を蹴《け》るようにサンダルをぬぐと、ヒカルに背《せ》を向けてコウテイペンギンを作りはじめた。

セミの絶叫《ぜっきょう》がはりつめた緊張《きんちょう》の糸をゆらしつづけるなか、流れる汗《あせ》もそのままに骨《ほね》と筋《きん》肉《にく》を意識して親子ペンギンをけずった。

ふいに、背後《はいご》から「かっこいい」と声がした。

ふりかえると、ヒカルが珠子の砂《さ》像《ぞう》を見ていた。

「そのコウテイペンギン、かっこいい」

「…………」

「やっぱりタマゴはモノを作るのがうまい。あたしより、ずっとうまい」

ヒカルはくるりと背中を向けて、砂山作りのつづきをはじめた。

珠子はヒカルに近づいて言った。

「この前はごめんね。わたし、サンドイッチクラブのメンバーなんだから、砂像を作るべきだったよね。わたしだって、ハムちゃんがないしょでちずちゃんや杏《あん》ちゃんと遊びに行ったら、いやな気持ちになったと思う。ルールを破ったわたしがいけなかった」

ヒカルは筋《きん》トレシャベルを宙《ちゅう》に浮かせたままの姿勢《しせい》で、「タマゴのせいじゃない」と言った。

「ときどき、どうしようもなくなるんだ。あたし、心が弱いから」

「ハムちゃんは強いよ」

「ううん。もっと強くなくちゃだめだ」

ヒカルは「もっと」と言ってシャベルをつきさし、すくいあげた砂《すな》を木枠《きわく》の中に放った。

もっと。ザクッ。

もっと。ザクッ。

もっと。ザクッ。

ヒカルは砂山を築いていく。

見えない敵《てき》にいどむように歯をくいしばってシャベルを地面につきさし、砂を積みかさねていく。

――ああ、やっぱりハムちゃんの前世はチーターだ。

はじめて会った日、雨の中で砂像《さぞう》を蹴《け》っていたヒカルに野生のかがやきを感じた。

ヒカルのことを知って、今はあのときよりもかがやいて見える。

汗《あせ》をぬぐったヒカルの腕《うで》から、砂が陽《ひ》の光に反射《はんしゃ》して、きらきらと光りながら落ちていった。

――なんだかハムちゃんが砂像になったみたい。

珠子《たまこ》はこの世界からひとりの少女が消えてしまわないように声をはりあげた。

「ポンデケージョ！」

# 12

# ミサイルとポンデケージョ

珠子《たまこ》の声に、ヒカルの肩《かた》がはねあがった。

珠子はもう一度、セミの鳴き声に負けないくらい大きな声でさけんだ。

「ポンデケージョ！」

ヒカルはふりかえって、「なに？」とぶっきらぼうに言った。

「サンドイッチクラブでは悲しいときやイライラしたときは『ポンデケージョ！』って言おうって決めたでしょ。ハムちゃん、砂像《さぞう》作ろう。葉真《ようま》に勝ちたいんでしょ。わたしだって勝ちたい」

「…………」

「今度の対決、葉真はまたライオンを作るよ。それか、キメラ」

「なんでタマゴが知ってる？」

「偵察《ていさつ》したから」

「本当？」

「うん。かっこいいペンギンの作り方を発見したから、こっち来て」

珠子はプリントアウトしたコウテイペンギンの骨格標本《こっかく》をヒカルに見せながら、自分で作った砂像を指さした。

「ペンギンの足の骨《ほね》の付け根は、このあたりだよ。羽根《はね》の骨はここ。骨と筋肉《きんにく》を意識しないで作ると、プヨッとした締《し》まりのないペンギンになっちゃうの」

「なるほど。翼《つばさ》の模様《もよう》はどうする？」

「まだ決めてない。実験してみよう」

珠子は家から持ってきたギザギザはさみやタワシなどの道具を砂《すな》の上にならべて、どんな模様《もよう》ができるかためしてみた。

「タワシはだめだね」

「ギザギザはさみも却下《きゃっか》」

「ハムちゃん、レゴブロックは?」

「却下《きゃっか》」

「スタンプは?」

「うーん、却下《きゃっか》」

「じゃあ、全部だめってこと? あーもう、どうしたらいいの⁉」

珠子《たまこ》は空を見上げて足ぶみした。

「んっ?」

視線《しせん》を落とすと、砂《すな》の上に細かい波線《はせん》ができていた。珠子のサンダルの、ゴム底の模様《もよう》だった。

「ハムちゃん、見て。これはどう?」

「あっ、いい感じ。……かも」

「『かも』?」

「いいと思うけど、実際にやってみないとわからない」

「じゃあ、ハムちゃんのほうの砂山を完成させて作ってみよう」

珠子とヒカルはいっしょに砂山を作った。

時間をはかって親子ペンギンの砂像《さぞう》を作ったら、五十分でできた。制限時間より十分も早い完成だ。

夕暮《ゆうぐ》れどき、珠子とヒカルは砂像からはなれたところに立って、作品の出来具合をたしかめた。

「翼《つばさ》の模様《もよう》、かっこいい。タマゴのサンダルに決定！」

珠子は「やった！」とガッツポーズした。

「ハムちゃんが作ったお父さんペンギンと氷山も、すごくよくなったね！」

「タマゴがコツを教えてくれたからだよ。骨《ほね》と筋肉《きんにく》を意識すると、こんなに変わるなんて衝撃的《しょうげきてき》。葉真《ようま》に勝てるような気がしてきた」

「わたしも！」

翌日《よくじつ》、明るい気分に水をさすように、動画配信サイトに葉真の新しい動画が投稿《とうこう》された。砂像にぼかしがかかっていたけど、珠子にはキメラだとわかった。それも、特大のキメラだ。

対決まであと一週間。

珠子《たまこ》とヒカルは葉真に負けないくらい大きな砂像を作ることにした。

砂場《すなば》にある砂を全部使ういきおいで積みあげたら、砂山は木の板を超《こ》え、珠子たちの肩《かた》に届《とど》くぐらいの高さになった。

砂山作りでへとへとになったふたりは、いつもより長い休憩《きゅうけい》をとってから砂像《さぞう》作りにとりかかった。

「二十三分オーバーか」

ヒカルが時計台を見てため息をついた。

「でも、くずれなかったよ。この大きさに慣れたら、一時間でけずれるようになるよ」

「じゃあ、明日もこのサイズでやってみよう」

珠子とヒカルは砂をならして平らにすると、ヒグラシの声に見送られながら公園を出た。

シラベさんのマンションの駐車場《ちゅうしゃじょう》に道具を返して歩道にもどったとき、珠子は葉真の家をちらりと見た。

——今ごろ余裕《よゆう》でいるんだろうなぁ。わたしたちがどんなすごい砂像を作るか知らずに。

珠子はヒカルの横で自転車をおしながら坂道を下った。夕方になっても汗《あせ》ばむような暑さだけど、風が吹《ふ》くと空気がしっとりとやわらかくなったように感じた。

「そういえばタマゴ、最近マドックに来てないね」

「うん……。わたし、受験しないことにしたの」

「そうなんだ……。タマゴがそれでいいなら、あたしはいいと思う。明日は三時までマドックの自習室で勉強する。おわったら、すぐに公園行くから」

「じゃあ、先に行って砂山を作っておくね」

「ありがと。明日の目標は制限時間内に完成させること。それから、ペンギンたちが立っている土台をもっと工夫《くふう》すること」

「うん」

「じゃあ、土台に模様《もよう》を入れよう。氷をイメージした模様とか」

別れぎわ、ヒカルが空を見上げた。瞳《ひとみ》がかすかにゆれている。

「どうしたの？」

「ううん、なんでもない。じゃあ、明日」

翌朝《よくあさ》、珠子がパジャマのまま朝食をとっていたら、テレビから「ミサイル」という言葉がきこえてきた。トーストにかぶりついたまま首をねじると、神妙《しんみょう》な顔をしたニュースキヤスターが「今日、ミサイルが約四十分間飛行し、日本海の……」と伝えた。

「日本海に落ちた？　じゃあ、日本をねらったってこと？」

キッチンにいる母親にきいたら、母親はコーヒーを入れながら、「本当に日本列島のどこかに落ちたら、とんでもないことになるわね」と他人事のように答えた。

「どうして？　まだ戦争はつづいてるの？」

「寝《ね》ぼけたことを言ってないで、はやく食べなさい」

珠子《たまこ》は胸《むな》さわぎを感じながら家を出た。

だれもいない砂場《すなば》で砂山を作っていたら、ヒカルがやってきた。右手に風呂敷《ふろしき》、左手に青い防災ずきんを持っている。

「それ、どうしたの？」

珠子がたずねると、ヒカルは空を見上げた。

「ミサイルが飛んできた。なんか悪い予感がしてたんだ」

「でも、うちのお母さんは日本列島には落ちないって言ってた」

「どうしてそんなふうに言いきれる？　ぜったい落ちないなら、その理由を説明して」

「ごめん。とにかく作ろうよ」

「うん……」

その日、ヒカルはずっとピリピリしていた。大きな物音がすると、はっとして空を見上げた。珠子に向かって、「いい？　ミサイルが落ちてきたら、口と鼻をハンカチでおさえて、壁《かべ》ぎわにダッシュして身を隠《かく》すこと」と自分に言いきかせるように説明した。

つぎの日も、そのつぎの日も、ヒカルがそんな調子だったので、砂像《さぞう》の制作時間は縮《ちぢ》むどころか、どんどん長くなった。土台の模様《もよう》も決まらない。

珠子は風呂敷包《ふろしきづつ》みのそばにおかれた防災ずきんをうらめしそうに見つめた。いっしょに砂像を作れるようになったと思ったら、今度はミサイルだ。

「おねがい。もう飛んでこないで」

珠子が青空に向かってつぶやくと、ヒカルはかがやきの失《う》せた瞳《ひとみ》を地面に向けた。


砂像対決の前日、またミサイルが飛んできた。

前回よりも飛行距離《きょり》がのびて、太平洋に落下した。

うす曇《ぐも》りの北の町に緊急警報《きんきゅうけいほう》が流れている様子が、珠子の家のテレビに映《うつ》っていた。機械的な声で「ミサイル発射《はっしゃ》、ミサイル発射」とくりかえすのをきいて、珠子は背筋《せすじ》が寒くなった。

「これが空襲警報《くうしゅうけいほう》の現代版なのねえ」

ミサイルの接近を知らせる緊急《きんきゅう》メールを受信した母親は、スマホを見つめて感心したようにつぶやいた。

「ママはのんきすぎる。うちのマンションにミサイルが落ちたらどうするの！」

珠子《たまこ》は怒《おこ》って家を出た。

自転車をこぎながら、町の様子をじっくり観察した。

マンション近くのクリーニング屋から出てきたおばあさん。開店前のラーメン屋で列を作っている学生たち。自転車の前カゴに野球道具をのせて、先を争うように走っていく男の子たち……。

どこもふつうだった。だれもミサイルをこわがっているように見えなかった。

珠子はいつもと変わらない様子にほっとして、ペダルをぐんぐんこいだ。

公園に着くと、ゆだるような暑さの中で砂山《すなやま》を作った。

ヒカルに砂山の完成を伝えるメッセージを送ったあと、木陰《こかげ》で休んだ。

約束の時間がすぎてもヒカルがあらわれないので、ちずに電話してみた。

「羽村《はむら》ヒカル？　今日はマドックに来てないよ。珠子ちゃんこそ、ずっと休んでるじゃない。どうしたの？」

珠子は「うん、今度話すね。ありがとう」と言って電話を切った。

乾燥《かんそう》をふせぐために、砂山に水をまいた。

いつまでたっても来ないので、珠子は道具をまとめてヒカルのマンションに向かった。

階段《かいだん》を上がってインターホンをおすと、ドアがほんのすこし開いた。

「はい」

ヒカルの母親が顔を出した。黒コショウみたいな小さな目。口もとには白いマスク。

珠子は緊張《きんちょう》しながら会釈《えしゃく》した。

「こんにちは。ヒカルちゃん、いますか」

ヒカルの母親はなにも言わずにドアをしめた。すこしたってからドアがまた開いて、ヒカルの母親が白い棒《ぼう》アイスを片手《かたて》にマンションの通路に出てきた。

「ごめんね。今、用意しているから」

「はい」

「あなた、砂の彫刻《ちょうこく》を作るんでしょ」

「あっ、はい」

「砂《すな》の彫刻《ちょうこく》って言ってもよくわかんないけど、子どもなんだからすこしは外で体を動かさないとね。だれに似たのか、ヒカルはあのとおり勉強ばっかりしてるから」

ヒカルの母親はかすれた声でそう言うと、はげしく咳《せき》をした。

「風邪《かぜ》をこじらせて咳《せき》ぜんそくになっちゃって。異常《いじょう》気象のせいじゃないかと思うのよ」

「ハムちゃん……、ヒカルちゃんは大丈夫《だいじょうぶ》ですか」

「うん。咳《せき》ぜんそくはうつらないから」

「えっと、その、ミサイルのほう……」

「ああ、そっちね。あの子は考えすぎちゃうタチなの。まったく、おばあちゃんにそっくり。わたしの言うことなんか、ばかにしちゃってききやしない」

ヒカルの母親は白髪《しらが》まじりの髪《かみ》を手でなでつけながら、ふわりと空に視線《しせん》を向けた。全体的にうすぼんやりとした印象の人だったので、珠子《たまこ》はハムちゃんとぜんぜんちがうなぁと思った。

「あっ。これ、食べてて」

ヒカルの母親が棒《ぼう》アイスをさしだした。珠子がお礼を言って受けとると、ヒカルの母親はゆったりした黄色いワンピースに指をすりつけて水滴《すいてき》をふきとった。

棒《ぼう》アイスはとけはじめていた。透明《とうめい》な袋《ふくろ》から出したとたん、白いしずくが指先にこぼれた。ぽたり、ぽたりと落ちて、コンクリートの上に白い点々ができていく。

珠子は急いで棒《ぼう》アイスを口に入れた。ふた口で食べきったとき、ヒカルが姿《すがた》をあらわした。防災ずきん。長袖《ながそで》。長ズボン。防毒マスクで顔をおおっている。

ヒカルの母親がヒカルの前に立ちふさがった。

「あんた、なんて格好してんのよ。こんな暑い日にそんなもんかぶってたら、頭がパーになるわよ。ミサイルが落ちたら、どうせみんな死ぬのに。はやくはずしなさい」

ヒカルの母親が咳《せ》きこんだすきに、ヒカルは母親の脇腹《わきばら》をすりぬけて階段《かいだん》をかけ下りていった。

「ミサイルより先に日射病《にっしゃびょう》で死ぬよ！」

ヒカルの母親の声が廊下《ろうか》じゅうにひびいた。珠子は転げおちるように階段《かいだん》を下りて、自転車のハンドルをつかんだ。

「ハムちゃん。それ、とったほうがいいよ。お母さんの言うとおりにしたほうがいいよ」

珠子はヒカルに追いつくと、片手《かたて》で自転車をおしながら、もう一方の手でヒカルのシャツを引っぱった。

ヒカルはなにも言わずに珠子《たまこ》の手をはらった。風呂敷包《ふろしきづつ》みをかかえて、ビーチサンダルをペタペタならしながら進んでいく。

「ねえ、きいてる？　本当に日射病《にっしゃびょう》になっちゃうよ」

すれちがう人たちがヒカルを見ていた。炎天下《えんてんか》で防災ずきんに防毒マスクをかぶった少女は、だれの目から見ても異様《いよう》で、おどろきよりも恐怖《きょうふ》に近い表情をしていた。

公園の入り口が近づいてくると、ヒカルの頭が左右にゆらゆらとゆれだした。珠子はあわててその場に自転車をとめて、ヒカルの体を支えながら水筒《すいとう》をさしだした。

「ハムちゃん、これ飲んで。早く！」

ヒカルは防毒マスクをはずすと、水筒《すいとう》の麦茶をごくごく飲んだ。

「シラベさんのところに道具を取りに行ってくるから、ハムちゃんは先に砂場《すなば》に行って休んでて」

珠子は園内にふらふらと入っていくヒカルを見届《みとど》けると、急いで駐輪場《ちゅうりんじょう》に自転車をとめに行った。

シラベさんのマンションから道具一式を拝借《はいしゃく》して砂場に行くと、ヒカルが壁《かべ》にもたれかかっていた。ぐにゃっとしていて、まるで人形のようだった。暑さにたえられなくなったのか、防災ずきんもはずしていた。

珠子はヒカルの手をそっとにぎった。

「ハムちゃん、大丈夫《だいじょうぶ》？」

「…………」

「わたし、心配になってちずちゃんに電話したの。マドックも休むなんて、ハムちゃんらしくない。それに明日は対決本番だよ」

「『らしく』ってなに？　タマゴなんかケンペーに……」

「つかまらないよ。だって、ケンペーはハムちゃんの心の中にいるんだもん」

ヒカルが珠子をにらんだ。珠子もにらみかえした。

ヒカルは先に視線《しせん》をそらすと、足もとにおいた防毒マスクを見つめてつぶやいた。

「心の中にあるものが外に出てこないって、どうして言いきれる？」

「だって、そんなのありえないもん」

「ありえるよ」

「ありえないよ」

ヒカルは「ありえる！」と声をはりあげた。

「大統領は頭がいいだけじゃなれないんだ。人心をつかんで厳《きび》しい選挙を勝ちぬかないとなれないいんだ。それであたし、学級委員の選挙に立候補《りっこうほ》した。『クラスをまとめて良くしていきたい』ってみんなの前で言った。その気持ちにウソはなかった。でも、心のどこかでみんなを見下してた。だって、無関心だし、ろくな意見を出さないから」

珠子《たまこ》はだまって耳をかたむけた。ヒカルはつづけた。

「あたしは民主主義を尊重《そんちょう》して、みんなの意見をきいて多数決で物事を決めてきた。でも一度、たった一度だけ、時間がなかったから自分の意見を通した。そしたら陰《かげ》で『独裁《どくさい》者《しゃ》』ってよばれるようになった。『六年三組は羽村《はむら》ヒカルの独裁《どくさい》国家だ』って学校じゅうにひろまった。そのとき、わかったんだ。あたしは自分の野心とか、みんなを見下してた気持ちとかをうまく隠《かく》しているつもりだったけど、本当は全部ばれてたって」

「…………」

「昨日のミサイル、あたしが飛ばしたのかもしれない」

「えっ」

「その前のミサイルも、前の前のミサイルも」

「ハムちゃん、なに言ってるの？　そんなのあるわけな……」

「だって、だれもわかってくれないし、学校なんか爆破《ばくは》されちゃえばいいって、ずっと思ってたから！　うちのぼろいマンションも、杏《あん》みたいな金持ちの家も全部燃えろって思ってたから！　あたしはタマゴが思ってるような人じゃない。高い理想で弱い自分を隠《かく》してるだけ。こんな自分、大っきらい！」

ヒカルは珠子の手をふりはらった。折りたたんだ足をだきかかえて、痛《いた》みに耐《た》えるように体をまるめた。砂《すな》の上の防毒マスクに青空が映《うつ》りこんでいる。

「ハムちゃん……」

珠子はヒカルの背中《せなか》にそっと手をおいた。

「ハムちゃんは弱くなんてないよ。それに、ひとりじゃない」

「…………」

「うまくいえないけど、はじめて砂像《さぞう》を作ったとき、すぐにこわれるから意味ないって思った。でも、だんだんと砂像は別の形に生まれかわるためにこわれるんだって思うようになった。砂はどんなふうに形を変えても砂だし……。友達もそうだと思うの。わたしはハムちゃんが独裁者《どくさいしゃ》じゃないって知ってる。今も友達だし、これからもずっと友達。ハムちゃんがどんな人に変わっても、ハムちゃんはハムちゃんだから」

「…………」

「それにね、心の中で考えたことが現実になるんだとしたら、わたし、宇宙《うちゅう》を破壊《はかい》しちゃうよ。想像ならハムちゃんに負けないんだから」

珠子《たまこ》はリュックから袋《ふくろ》を出して、「これ、ポンデケージョ」とヒカルにさしだした。

「昨日の夜、ハムちゃんのために作ったんだ」

「……なんで？」

「なんとなく。はい、どうぞ」

ヒカルはゆっくりと腕《うで》をのばして袋《ふくろ》の中に手を入れると、つかんだポンデケージョを鼻先に近づけた。

「それ、チーズのパンだよ。元気になるパン。はやく食べて食べて」

ヒカルは前歯でほんのすこしポンデケージョをかじった。切れ長の目に光がぽっと射《さ》した。頰《ほお》に落ちた涙《なみだ》を手の甲《こう》でふくと、残りのポンデケージョをまるごと口に入れた。

夕風が砂場《すなば》を通りすぎていく。

ヒグラシが刻々《こっこく》と近づいてくる夜の訪《おとず》れを告げるように鳴いている。

明日の砂像《さぞう》対決の前に、珠子にはどうしても決めておきたいことがあった。

「ハムちゃん、土台の模様《もよう》のことなんだけど……」

珠子は道具を入れた袋《ふくろ》からギザギザがついたプラスチックの板を出し、水でしめらせた砂山に模様《もよう》を描《えが》いた。

「こんな模様はどうかなぁ」

「つまんない」

「じゃあ、これは？」

珠子が凹凸《おうとつ》つきのローラーを砂の上で転がすと、ヒカルは「おもしろいけど、それもありきたりだと思う」と答えた。

珠子は袋《ふくろ》の中をのぞいて、「どうしよう、もうないよ」とため息をついた。

ヒカルが「使えるかわからないけど」と言って、風呂敷《ふろしき》の結び目をほどいた。とりだしたのは、プラスチックの吸盤《きゅうばん》だった。キッチン道具などを壁《かべ》に引っかけておく道具だ。

「うちのゴミ箱に捨《す》ててあった。でも、使えないよね」

珠子は吸盤《きゅうばん》を受けとると、突《つ》きでた部分をつまんで砂山にぺたっとおしつけた。

ヒカルが「おっぱいみたい。はい、却下《きゃっか》」と言って吸盤《きゅうばん》に手をのばした。

「ちょっと待って」

珠子はもう一度吸盤を砂におしつけた。そのままぐるぐるまわしていると、あれよあれよという間に直径十五センチほどの見事な半球体ができあがった。

「わわっ、なにこれ⁉」

「かして！」

ヒカルも吸盤を砂山におしつけて回転させた。すると、珠子が作った半球体とそっくり同じ大きさになった。

「すごい、手品みたい！」

ふたりは交互《こうご》に吸盤を使って砂の半球体を作った。どんなにぐるぐる回しても、大きさはそれ以上にもそれ以下にもならない。人の手で作ったとは思えない完璧《かんぺき》な半球体だった。

「ハムちゃん、土台の模様《もよう》はこれで決まりだね！」

「うん！」

ヒカルは自信に満ちた表情でうなずいた。

# 13

# コウテイペンギンとキメラ二号

目を覚ますと、六時をすこしすぎていた。

珠子《たまこ》は急いでリビングダイニングに行って、どきどきしながらテレビをつけた。

政治と経済《けいざい》のニュースのあと、天気予報のコーナーに変わった。

珠子は「よかったぁ」と胸《むね》をなでおろした。

母親がカーテンをあけながら、「なにがよかったの?」と言った。

「今日はミサイルが飛んでこないよ。しかも、天気は晴れ。そんなに暑くならないって」

「ふーん。それはよかった」

母親はふしぎそうな顔をして返事した。

珠子《たまこ》は心の中で「てるてるぼうずが効いたんだ」と喜んだ。昨晩《さくばん》、フェルト生地《きじ》で作ったてるてるぼうずをカーテンレールに結びつけて、「明日は晴れますように。雨とミサイルが降《ふ》ってきませんように」と夜空に祈《いの》ったのだ。

空気がきりっと引きしまった朝だった。

珠子はチーズトーストを食べて、ツインテールに髪《かみ》を結《ゆ》わえた。

出かける直前まで、本物のコウテイペンギンの動画を見てイメージトレーニングをした。

そのときふっと、対決がおわったら、サンドイッチクラブはどうなるんだろうと思った。

勝負が決まれば、ヒカルはきっと受験勉強に邁進《まいしん》する。つまり、今日で秘密《ひみつ》のクラブ活動はおしまい、ということだ。

——だめだめ。「今」に集中しなくちゃ。

こみあげてきた寂《さび》しさを吹《ふ》きとばすように、珠子はふーっと息をはいた。

珠子が公園に行くと、すでにヒカルと葉真《ようま》が来ていた。

時刻《じこく》は正午すぎ。太陽がてっぺんから照りつけてくるなか、ヒカルと葉真は三時からはじまる対決を前にせっせと砂山《すなやま》を作っていた。

「ミサイル、飛んでこなかったね」

珠子がヒカルの耳もとでささやくと、ヒカルはほっとしたような表情でうなずいた。地獄耳《じごくみみ》の葉真が「ミサイルってなに？」ときいてきたので、珠子は「空耳、空耳〜」と歌うように言った。

珠子とヒカルは交代で青い筋《きん》トレシャベルを使って木枠《きわく》の中に砂を入れた。一方の葉真は黄金のシャベルを使って、ダンボールで固定した枠の中に砂を入れている。珠子たちよりも、うんとスピードが速い。

――なに、あいつ？　借用権《しゃくようけん》を無視《むし》して黄金のシャベルをひとりじめして。

珠子は葉真に勝ちたい気持ちがますます強くなった。

積みあげた砂が水となじむのを待っている間、珠子とヒカルは木陰《こかげ》で休憩《きゅうけい》しながら作業の手順を確認《かくにん》した。

「全体をおおまかにけずったら、タマゴはお母さんペンギンと赤ちゃんペンギン、あたしはお父さんペンギンを作る」

「で、わたしの作業がおわったら、ハムちゃんと交替《こうたい》してお父さんペンギンを完成させて、ハムちゃんは氷山に集中する」

「うん。計算してみたけど、ペンギン一体につき六分、昨日より作業時間を短縮《たんしゅく》すれば、制限時間内に作りおわる」

「えっ、六分も? ってことは、三体合わせて十八分⁉」

「そう」

「え~、できるかなぁ」

「不可能を可能にするのがサンドイッチクラブだよ」

「そうだね、わかった!」

葉真《ようま》はまだ砂山《すなやま》を作っていた。すでに珠子《たまこ》たちの砂山の高さを超《こ》えている。

いったいどこまで高くするつもりだろう、と珠子は不安になった。

「珠子ちゃーん」

「あっ、ちずちゃん!」

砂場をかこんでいる壁《かべ》の向こうに、ちずと杏《あん》が見えた。かけよってきたふたりに、珠子が「どうしたの?」と声をかけると、ちずは「どうしたもこうしたもないでしょ」と珠子をにらんだ。

「進秀学舎《しんしゅうがくしゃ》にもマドックにもずっと来てないじゃない。杏ちゃんが公園にいるんじゃないかって言うから来てみたら、本当にいるし。なに、あの山？」

杏が「もしかして、対決？」と言ったので、珠子は「うん」と答えた。

「珠子ちゃんもヒカルもがんばってね。ちずちゃん、飲み物買いに行こっ」

珠子は児童館に向かっていく杏とちずに手をふった。葉真と弟たちは壁《かべ》にもたれてコーラを飲んでいる。やっと砂山が完成したようだ。

――あのダンボールの枠《わく》をはずしたら、すっごく大きい砂山が出てくるんだろうなぁ。

制限時間内に完成させられるんだろうか、と珠子は逆に心配になった。

「タマゴ、開始時間まであと三十分だよ」

ヒカルが時計台を見ていた。そこからさらに視線《しせん》を上げて、なにかをさがすように空を見ている。

――本日快晴。絵の具でぬったようなコバルトブルー。

こんな空にミサイルは似合わない。ミサイルなんてぜったい飛ばさせない。

珠子はヒカルの両肩《りょうかた》をがしっとつかんだ。

「ハムちゃん、板をはずすよ」

二時五十五分。

美竹《みたけ》公園の低い壁《かべ》にかこまれた円形劇場《げきじょう》のような砂場《すなば》に、高さ一メートルを超《こ》えるふたつの砂山がそびえたっていた。

大きいほうが、葉真《ようま》の砂山。

それよりふたまわりほど小さいのが、珠子《たまこ》とヒカルの砂山。

水をふくんだ直方体の砂山は、どっしりとしていて、それだけで迫力《はくりょく》があった。

砂像《さぞう》対決がはじまる直前に、シラベさんがやってきた。新潟《にいがた》に出張していたシラベさんは、行く前は「たぶんゾンビみたいになってると思う」と言っていたけど、元気そうだったので、珠子はほっとした。

二時五十九分。

黒い野球帽《やきゅうぼう》に、黒いジャージ姿《すがた》の葉真が砂山の前に立った。

白い長袖《ながそで》シャツに黄緑色の長ズボンをはいた珠子と、紺色《こんいろ》のジャージ姿のヒカルも、自分たちの砂山の前に立った。

三人はシラベさんを間にはさんで向かいあった。

葉真の後ろには羽衣音《はいね》と愛衣音《あいね》がひかえている。

ちずと杏《あん》は壁《かべ》ぎわの日陰《ひかげ》から珠子たちの様子を見つめている。

愛衣音《あいね》が撮影中《さつえいちゅう》のタブレットに向かって、テレビリポーターのようにまくしたてた。

「さあ、いよいよ葉真対サンドイッチクラブの砂像対決がはじまります。見てください、タマゴが緊張《きんちょう》しすぎて泣いています！」

タブレットが珠子のほうに向けられた。珠子は「泣いてないよ」と愛衣音《あいね》をにらんだ。でも、緊張《きんちょう》はしていた。心臓《しんぞう》が飛びだしそうなくらいドキドキしている。

葉真が黒いウェストポーチから剣《けん》をぬくようにヘラを出した。

「制限時間は一時間」

ヒカルも錆《さ》びたテーブルナイフをかかげて、葉真をにらんだ。

「妨害《ぼうがい》しないこと。くずれたら、その時点で負け」

そこで間《ま》が空いた。羽衣音《はいね》がシラベさんの腕《うで》をつっついて、「『スタート』って言うんだよ」と声をかけると、シラベさんは「ああ」とうなずいて野球帽《やきゅうぼう》をとった。

「じゃあ、どちらもがんばって。スタート！」

午後三時。黄金のシャベルを賭《か》けたサンドイッチクラブと未来の砂像アーティストの戦いが、火蓋《ひぶた》を切った。

珠子《たまこ》とヒカルは砂《すな》の表面に下書きの線を引いて、親子ペンギンと氷山の位置を決めると、しっかりと目を合わせた。

「タマゴ、けずるよ」

「うんっ」

――さあ、作ろう。サンドイッチクラブの最後の作品を。

コウテイペンギンのかっこよさを表現した作品を。

「よぃさっ！」

珠子は素足《すあし》を砂にめりこませて、園芸用スコップで大胆《だいたん》に砂山をけずりはじめた。

ザクッ、ザクッと小気味よいリズムにのって、余分な砂をそぎおとしていく。

大まかな形ができあがると、あらかじめ描《か》いておいた完成予想図をたしかめながら、園芸用スコップからバターナイフにかえて細かい部分を作りこんでいった。コウテイペンギンの頭蓋骨《ずがいこつ》から背骨《せぼね》の曲線。鎖骨《さこつ》から胸骨《きょうこつ》につづく曲線。九十度に曲がった足のでっぱり。翼《つばさ》の骨《ほね》の凹凸《おうとつ》……。

珠子は骨《ほね》と筋肉《きんにく》を意識しながらけずった。特にくちばしは慎重《しんちょう》に作業を進めた。砂の奥《おく》から細い枝があらわれたので、ペンチで切り落とした。

つづいて、目玉。息をとめて左右の目の大きさを確認《かくにん》しながら爪楊枝《つまようじ》でけずった。とちゅうで何度もストローで息をふきかけて、目のふちにたまった砂をはらいおとした。

珠子は時計台を見た。三時十八分。今のところ、順調だ。珠子は余裕《よゆう》を持って赤ちゃんペンギンにとりかかった。

ふたたび時計台を見たら、時間がぐんと進んで、三時四十三分になっていた。

「ハムちゃん、こっちはお母さんと赤ちゃん、完成したよ」

「わかった。すこしピッチをあげよう」

計画どおり、ヒカルはお父さんペンギンからはなれて、氷山にとりかかった。

珠子はヒカルにかわってお父さんペンギンを仕上げることにした。首、目、足、と形を整えたところで、いよいよ翼《つばさ》の模様《もよう》だ。珠子はコウテイペンギンの翼にサンダルのゴム底を慎重《しんちょう》におしあてて波線《はせん》をつけた。

——ペンギン、翼《つばさ》、ペンギン、翼、ペンギン、翼……。

汗《あせ》が落ちて、砂にしみこんでいく。

太陽が白くとけていく。

セミの声も、砂をけずる音も、どこか遠くに消えていく。

最後の波線《はせん》を砂《すな》に描《えが》いたとき、コウテイペンギンの翼《つばさ》が濡《ぬ》れ羽色《ばいろ》にかがやいた。

砂のかたまりが風と重力にあらがって動きをとめ、つぶらな瞳《ひとみ》に光が射《さ》した。

「できた……」

自分の手で、砂に命をふきこんだ。完成予想図を超《こ》える砂像《さぞう》ができた。

珠子《たまこ》は心の奥底《おくそこ》から強い気持ちがみなぎってくるのを感じた。今の自分ならなんでもやれる、やってみたい、と思えた。

「あと一分だよ」

シラベさんの声がきこえた瞬間《しゅんかん》、珠子は我《われ》に返って「ひゃっ」と声をあげた。

「ハムちゃん、土台！　土台の模様《もよう》をわすれてた！」

「だいじょうぶ、やってるから！」

砂像の裏側からヒカルの声がきこえてきた。のぞいてみると、ヒカルが砂の上にはいつくばって、土台に吸盤《きゅうばん》をおしあてていた。ぐるぐる回転する吸盤から、砂の半球体がつぎつぎに生まれていく。

珠子はヒカルに土台をまかせて、コウテイペンギンの最終チェックをした。

――父親ペンギン、よし。母親ペンギン、よし。赤ちゃんペンギン……。

あっ、目のふちに砂がたまってる！

「十、九、八、七……」

羽衣音《はいね》と愛衣音《あいね》がカウントダウンをはじめた。

ヒカルは土台に最後の半球体を描《えが》いた。

珠子は赤ちゃんペンギンの目にストローでそっと息をふきかけた。

「三、二、一、終了《しゅうりょう》！」

その瞬間《しゅんかん》、緊張《きんちょう》の糸がぷつんと切れて、珠子は砂の上にたおれた。

ヒカルが満面の笑《え》みをうかべて、珠子を見下ろした。

「はじめて時間内で完成した！」

「やったね！　サンドイッチクラブの最高傑作《けっさく》ができたね！」

「うん。あとは判定しだいだ」

ヒカルが珠子の手を引っぱった。珠子は起きあがってシラベさんを見た。

シラベさんは「せっかくだから、ここにいる人たちにも選んでもらおうよ」と言った。

砂場に人だかりができていた。杏《あん》とちずのほかに、親子連れや小学生たちが砂像対決を遠巻《とおま》きに見物していた。

シラベさんは羽衣音《はいね》から受けとった泥団子《どろだんご》を集まっていた人たちに見せた。

「よかったらみなさんも泥団子を作って、気に入ったほうの作品の前においてください」

小学生たちが「おもしろそう」「やってみようぜ」と泥団子を作りはじめた。母親と小さな子どもたち、ちずと杏《あん》も砂の上にしゃがみこんで、慣れない手つきで砂をこねはじめた。

珠子《たまこ》は葉真《ようま》の作品を見た。予想どおり、伝説の猛獣《もうじゅう》キメラだった。吠《ほ》えたける声がきこえてきそうな大きな口。大地をがっしりとつかんだ鋭《するど》い爪《つめ》。ライオンの背中《せなか》にのった畏《おそ》れを知らぬヤギと、毒々しいしっぽのヘビが、神を威嚇《いかく》するように空に牙《きば》を向けている。壁《かべ》は使わず、足もとでめらめらと燃えている炎《ほのお》をうまく使って、全体のバランスをとっていた。

対するサンドイッチクラブの作品は、三体のコウテイペンギンだ。元気な赤ちゃんペンギンが両親に見守られながら小さな翼《つばさ》をひろげている。背景《はいけい》の荒々《あらあら》しい氷山と、足もとにただよう南極海の泡《あわ》で、厳《きび》しい自然とともに生きるコウテイペンギンのたくましさを表現した。

珠子はできあがった瞬間《しゅんかん》は自分たちの作品が最高だと思ったけれど、葉真の作品を見て自信がゆらいだ。

それくらい葉真の作品に圧倒《あっとう》された。前に見たキメラとはくらべものにならないほど大きくて、完成度が高かった。伝説の猛獣《もうじゅう》を躍動感《やくどうかん》いっぱいに表現できるなんて、やっぱり葉真はすごい、と珠子は思った。

「ハムちゃん、どうしよう。葉真のキメラ二号、うますぎるよ」

「うん……。でも、今は認《みと》めたくない」

ほどなくして、砂像《さぞう》のまわりに人が集まってきた。二組の親子。小学校低学年の男の子たちが四人。ちず、杏、シラベさんと、あわせて十一人が投票する。

「さあ、いよいよ運命の結果発表です！　みなさん、泥団子をおいてください！」

愛衣音《あいね》がタブレットに向かって芝居《しばい》がかった声で告げた。

最初に、小学生たちがキメラ二号の前に泥団子をおいた。つづいて、ちずと杏がコウテイペンギンの前に泥団子をおいた。

親子ペアは意見がわかれて、一組はキメラ二号の前に、もう一組はコウテイペンギンの前に泥団子をおいた。

結果はキメラ二号が六個で、コウテイペンギンが四個。

葉真《ようま》の勝利が決まると、羽衣音《はいね》が「やった！」とガッツポーズした。愛衣音《あいね》も興奮《こうふん》しながら、タブレットに向かってさけんだ。

「ヨーマXの圧倒的《あっとうてき》勝利！　優勝《ゆうしょう》です！　サンドイッチクラブ、ボロ負けです！」

珠子《たまこ》はがっくりと肩《かた》を落とした。ヒカルもうつむいて、くちびるをかんだ。

——あーあ、負けちゃった。

実力の差が出た。でも、母親のひとりが珠子たちの砂像《さぞう》の前に泥団子《どろだんご》をおいたとき、「このペンギン、なんか野性的でかっこいいね」と言ってくれたことが救いだった。

「それでは勝利者インタビューです！　ヨーマXさん、おめでとうございます！」

愛衣音《あいね》が葉真に近づいていくと、葉真はタブレットを手荒《てあら》にはらいのけた。

「やめろ。まだシラベさんの判定が出てない」

シラベさんはふたつの砂像のまわりを歩いては立ちどまり、また歩いては立ちどまって、作品を鑑賞《かんしょう》した。珠子たちのところにもどってくると、「テーマ選びはどちらもいいね。表現力は葉真が上かな」と言った。

葉真が「よっしゃ！」とガッツポーズした。

「ただし、問題はここだ」

シラベさんはしっぽのヘビの下にある木の板と、それをささえる角材を指さした。

「砂像は彫刻《ちょうこく》でしょ。彫刻はそれのみで存在《そんざい》しないといけない。この板も作品の一部ならいいけど、ヘビをささえるためだけにあるとするなら、それはありえない。ここ、超大《ちょうだい》事《じ》」

シラベさんはそう言って珠子たちの砂像の前に泥団子《どろだんご》をおいた。

その瞬間《しゅんかん》、砂場《すなば》は時間がとまったように静かになった。愛衣音《あいね》が沈黙《ちんもく》を破った。

「でも、でも、六対五だから葉真の勝ちだし！」

羽衣音《はいね》も「そうだよ！　はい、勝った勝った！」とジャンプした。野次馬《やじうま》の小学生たちもいっしょになってさわぎはじめた。

「やった、やった！　葉真が勝った！」

「ペンギンをこっぱみじんにしようぜ！」

羽衣音《はいね》が黄金のシャベルをかまえてコウテイペンギンにおそいかかろうとしたら、葉真が前に立ちはだかった。

「それ、かせ」

葉真はこれまで見たことのないような怖《こわ》い顔をして羽衣音《はいね》から黄金のシャベルを奪《うば》うと、

キメラに向かって一気にふりおろした。ヘビのしっぽがくずれて木の板が砂《すな》に埋《う》もれた。ライオンも、ヤギも、一瞬《いっしゅん》で消えた。

「帰るぞ」

葉真《ようま》はコウテイペンギンの前に黄金のシャベルをつきさすと、砂場から出ていった。羽《は》衣音《いね》と愛衣音《あいね》が「どうしたんだよ?」「なんでこわしちゃうんだよ?」と半べそをかきながら兄のあとを追いかけていく。

珠子《たまこ》はあっけにとられた。ヒカルも口を半開きにしたまま、身動きできずにいた。

シラベさんは「しゃーないなぁ」とつぶやくと、その場にいた人たちに向かって「砂場を占領《せんりょう》してすみませんでした」と頭を下げた。

小学生たちが奇声《きせい》をあげながらくずれたキメラの上にのぼった。小さな子どもたちは母親に見守られながら砂をつかんだ。

珠子たちの思いとは関係なく、砂場ではすでに新しい遊びがはじまっていた。

# 14

# 海と砂《すな》

学校がはじまっても、砂像《さぞう》対決の興奮《こうふん》は冷めなかった。シャベルの取っ手の感触《かんしょく》や、バターナイフで砂《すな》をけずったときの感触が、珠子《たまこ》のてのひらにありありと残っていた。

残暑のつづくある日、珠子は「やっぱり受験したい」と両親に伝えた。ふたりとも反対したけれど、最後は「珠子がやる気なら応援《おうえん》するよ」と言ってくれた。

珠子はふたたび塾《じゅく》に通いはじめた。月水金は学校がおわったあとに進秀学舎《しんしゅうがくしゃ》、土はマドックで補習《ほしゅう》、日は公開模試《もし》。

志望校が決まらないまま、勉強に打ちこんだ。問題が解けなかったり、思うように成績が上がらないと、「なんのために受験するのか」という疑問《ぎもん》が珠子《たまこ》の心にもたげてきた。

九月の日曜日、珠子は母親といっしょに私立《しりつ》中学合同受験相談会に行った。

会場である都内のホテルには大勢の親子がつめかけていた。珠子はいくつかのブースをまわったあと、雪原《せつはら》学園のブースに行った。以前、説明会に参加した中学校だ。

「つぎのかた、どうぞ」

面接官のようにならんだ三人の学校関係者のうちのひとりに呼《よ》ばれて、珠子はその人と机《つくえ》ごしに向かいあった。

「今日はようこそおこしくださいました」

メガネをかけたおじさんが会釈《えしゃく》した。胸《むな》もとのバッジには「前川」と書いてある。

前川さんはよく通る声で名前と小学校名をたずねたあと、「なにか質問はありますか。今日はどんなことでもお答えしますよ」と言った。

珠子が「なんでもいいんですか」とたずねると、前川さんは「ええ」とほほえんだ。

学校案内のパンフレットが机《つくえ》の上に表紙を開いた状態でおかれていた。

青空を見つめる男女の生徒たちと、「世界にはばたくリーダーとなれ」の一文。

珠子は太股《ふともも》の上においた両手をグーにして、ぎゅっと目をとじた。

「わたしは……」

珠子はまぶたを上げ、息をはくと、ゆっくりと話しはじめた。

「わたしは将来《しょうらい》なにになりたいのかわかりません。今よりちゃんとした自分になりたいけど、リーダーには向いてないし、ムリだと思うし……」

——えーと、なにを言おうとしたんだっけ？

頭の中が真っ白になった。となりにすわっていた母親が、「……で？」と珠子の肩《かた》に手をおいたせいで、ますます言葉が喉《のど》の奥《おく》でからまって出てこなくなった。

珠子がだまっているあいだ、前川さんは笑顔《えがお》をたやさずにいた。組んだ手を机《つくえ》において、そっと珠子に語りかけた。

「桃沢《ももざわ》さんは将来《しょうらい》なにになりたいか決まっていないんですね」

「……はい」

「わたしも十二歳《さい》のときはそうでしたよ。大学生になっても決まらなかったし、働きはじめてからもしばらくまよっていました」

——本当？

珠子は前川さんの目をじっと見つめた。前川さんはパンフレットに視線《しせん》を向けながら、

「うちの学校には『世界にはばたくリーダーとなれ』という目標があります。これは大企《だいき》業《ぎょう》の社長になれと言っているんではないんですよ。うちはそうだなぁ……」

前川さんはすこし考えてから答えた。

「たとえるなら、種屋さんと思ってください。あなたが将来《しょうらい》の進路について考えるための、きっかけの種をたくさん用意しています」

「……きっかけの種？」

「ええ。どの種を育てるかはひとりひとりの自由です。いずれ咲《さ》いた花が小さかろうが、大きかろうが、色が地味だろうが、派手《はで》だろうが、それは関係ありません」

「じゃあ、枯《か》れたら？」

「なるほど、そこは気になるところですよね。将来《しょうらい》を決めたからといって、すんなりうまくいくとはかぎらない。むしろ、うまくいかないほうがはるかに多いでしょう。芽が枯《か》れても、心まで枯れない人。新たな種を育てようとする人。そういう人になってもらえるように、生徒たちをサポートしていくのがわたしたち教師の使命だと思っています。桃沢《ももざわ》さんの質問の答えになっているかどうかわかりませんが、どうでしょう？」

珠子《たまこ》は前川さんの説明にうなずいた。

なにかをつかめた手応《てごた》えを感じながら、お礼を言ってブースをはなれた。

――わたしは砂像《さぞう》もパン作りも手芸も好き。だから、将来《しょうらい》はなにか作る人になろう。

その「なにか」はまだはっきりしていないけど、シラベさんのように作ることで世界とつながれたらすてきだ、と珠子は思った。たとえ受験に失敗しても、つぎに向かってがんばれる自分になりたい。そうやって挑戦《ちょうせん》の練習を積みかさねていけば、いつか夢がかなうような気がする。だから今、受験する。

「ママ。わたし、行きたいとこ決めた」

会場を出たところで、珠子はまっすぐ前を見つめて言った。

「わかってる。雪原《せつはら》学園でしょ」

「どうしてわかったの？」

母親が日傘《ひがさ》から顔をのぞかせてにやりとした。

「だって、ビビッときた顔してたもの」

珠子はマドックの個室で勉強している。

電球と乾電池《かんでんち》の正しいつなぎかたをさがすために、シャープペンで導線をたどっている。

答えが出るまで、さほど時間がかからなかった。先週、集中して「電流」と格闘《かくとう》したおかげだ。

顔を上げたら、壁《かべ》のはり紙がかわっていた。「勝負の後半戦！　秋こそ追いこみ！」

季節感のないマドックの部屋にも、時間は着実に流れていた。

「うん、正解だよ」

真野《まの》先生が珠子《たまこ》のノートをのぞきこんでうなずいた。先生は腰《こし》までとどくロングヘアーだったのに、ひさしぶりに会ったら髪《かみ》が短くなっていた。

「電流と抵抗《ていこう》のところはだいぶわかってきたね。なにか質問はありますか」

「いいえ」

真野《まの》先生の長くてほっそりした首もとで銀色のネックレスがゆれていた。

「先生、髪《かみ》切ったんですね」

「うん。珠子ちゃんはかなり焼けたかな。全体的にシュッとした印象になったね」

「シュッ、ですか」

「大人っぽくなった感じ。すてきだよ」

珠子は「シュッ」と心の中でつぶやいてみた。……うん。なんか、かっこいい。

「さあ、つぎの問題にいこう」

「あっ。その前にあれをください。必殺目覚ましクリーム」

珠子は真野《まの》先生からクリームをもらって、こめかみにぬった。目をつぶってミントの香りを思いっきりすいこんだ。

「あー、いたきもちいい」

先日、海の向こうから新たなミサイルが飛んできた。

いったいだれがなんのために飛ばすのか気になって、ネットで調べてみたけど、深いところまではわからなかった。

たしかなのは、そのミサイルもだれかが作ったものだってこと。ミサイルを作ることで世界とつながっている人たちがいる。そう思うと、珠子は底知れない怖《こわ》さを感じた。

——ハムちゃん、だいじょうぶかな。

珠子は靴底《くつぞこ》を床《ゆか》にすべらせた。

ざらざらしない。砂《すな》はどこにも落ちてない。

珠子は目を開けて、問題集のつづきにとりかかった。

そんなふうに勉強にあけくれる日がつづくなか、ある日、ヒカルからメッセージが来た。

「明日葉真《ようま》と海に行くけどタマゴも来る?」

九月最後の土曜日の午後、マドックでの授業をおえた珠子《たまこ》は、急いで駅に向かった。改札口にヒカル、葉真、羽衣音《はいね》、愛衣音《あいね》が待っていた。

「おっせーよ、ゆでボケタマゴ!」

ひと月ぶりに会った葉真は珠子と目を合わせるなり悪態をつくと、弟たちを引きつれて改札口を通った。

「ハムちゃんがいきなりあんなメッセージを送ってくるから、びっくりしちゃった。葉真にデートにさそわれたけど、はずかしくてわたしをさそったのかと思った」

「キモッ。タマゴの妄想《もうそう》、キモすぎる!」

ヒカルは口をゆがめて両腕《りょううで》をさすった。

「シラベさんにさそわれたんだ。コマーシャル用の砂像《さぞう》制作の依頼《いらい》があって江《え》ノ島《しま》で作ったから、こわす前に見に来ないか、って。こんなチャンスめったにないから、タマゴにも声かけた」

電車がやってきた。勝田《かった》三兄弟は降車《こうしゃ》する乗客をかきわけて座席《ざせき》を確保すると、ゲーム機で遊びはじめた。珠子とヒカルは葉真たちの向かい側にすわった。

「ハムちゃん。わたし、受験することにしたんだ」

「知ってる。杏《あん》とアマゾンツノガエルからきいた」

「なぁんだ」

「それに受付の部屋《へや》割り表にもタマゴの名前が書いてあったし。会わなくてもがんばってるの、知ってた」

珠子はうなずいた。膝《ひざ》にのせたリュックサックをぽんぽんたたいて、「砂《すな》いじるの、ひさしぶりだね」と言うと、ヒカルは「道具、この中に入れてきた」と肩《かた》かけカバンの口を開いた。珠子が中をのぞくと、群青色《ぐんじょういろ》の風呂敷包《ふろしきづつ》みが見えた。

「風呂敷がやぶけて中身が見えたら、あやしい人だと思われそうだから」

「フフッ、たしかに」

大船駅でモノレールに乗りかえた。

羽衣音《はいね》と愛衣音《あいね》は遠くにそびえる富士山に気づいて歓声《かんせい》をあげた。

ヒカルははなれていくホームを見つめながら、「今の駅、富士見町だって」とつぶやいた。珠子が「富士山が見えるから富士見町なんじゃない？」と言うと、愛衣音《あいね》が「ちがうよ。富士山は永遠に死なないからだよ！」と反論した。

「アイ、ちょっと待て。おまえ、まさか『ふじみ』をこの漢字だと思ってね？」

葉真《ようま》がひとさし指で窓《まど》に「不死見」と漢字を書いた。

ヒカルは「不死身の『み』はこれだ」と言って、「見」に×を書いて、その横に「身」と書いた。

「オレ、漢字練習に情熱かたむけてねーから」

「情熱じゃなくて常識だ」

葉真が白目をむいて鼻の穴《あな》をひろげた。ゴリラみたいな顔に、珠子《たまこ》は笑った。

モノレールがガタゴトと音を立てながら大きくカーブすると、町の向こうに海が見えてきた。濃淡《のうたん》の異《こと》なる三色の青。空には白い竜《りゅう》のような雲。

「わぁ、海だよ！　海！　海！　海！」

興奮《こうふん》する珠子の横で、ヒカルは目をかがやかせて窓《まど》の外をじっと見つめていた。

モノレールをおりて駅の外に出ると、珠子たちは自然と早歩きになった。

「こっちかなぁ」

「いや、こっちだろ」

シラベさんの手書きの地図をたよりに海岸線を歩いていたら、遠くにうす茶色の巨大《きょだい》な物体が見えた。そのそばにシラベさんらしき全身黒ずくめの人が立っている。

「あっ、砂像《さぞう》だ！　シラベさんもいる！」

葉真とふたごが走りだした。

珠子とヒカルもコンクリートの階段《かいだん》をかけおりて、三人のあとを追いかけた。

「うお～、でっけー！」

「この砂像、なんて言ったっけ？　モワ、モヤ、モメ……」

珠子が思いだそうとしていたら、ヒカルが「モアイ像だよ。イースター島の遺跡《いせき》。世界遺産《いさん》にもなってる」と言った。

「そうだ、モアイ像！」

砂《すな》でできたモアイ像が二体、海のほうを向いて立っていた。遠くから見ると大きかったけど、近くで見たら、意外と小さかった。それでも珠子よりもはるかに大きい。

シラベさんが「この砂像は三メートル五十センチ。本物のモアイ像と同じ高さだよ」と言った。

「みんな、よく来たね」

羽衣音《はいね》と愛衣音《あいね》が子犬のようにシラベさんにじゃれついた。葉真《ようま》があいさつがわりにシラベさんと拳《こぶし》をぶつけあった。

砂像《さぞう》対決のとき、シラベさんがサンドイッチクラブの作品に一票を投じたことで気まずくなってしまったんじゃないかと心配していた珠子は、ふたりの様子を見てほっとした。

ヒカルがモアイ像の表面をさわった。

「あれ？　シラベさん、この砂像くずれないよ」

「雨風に耐《た》えられるように特殊《とくしゅ》なスプレーをかけてあるんだ。けずったらふつうにくずれるから、煮《に》るなり焼くなり好きにしていいよ」

「マジで？　あざっす。そいじゃ、行きまーす！」

いつのまにか腰《こし》にウェストポーチをまきつけた葉真が、モアイ像のそばにあった脚立《きゃたつ》によじのぼって、ヘラで耳の穴《あな》をけずりはじめた。

珠子とヒカルも準備をととのえると、もうひとつのモアイ像の鼻に穴《あな》をあけた。羽衣音《はいね》と愛衣音《あいね》がモアイ像の顎《あご》に線を入れてヒゲを描《か》いた。

ひとしきり遊んだあと、葉真はモアイ像の鼻の部分を利用してライオンを作りはじめた。珠子とヒカルは肩《かた》の部分を利用してコウテイペンギンを作った。砂《すな》にさわるのはひと月ぶりだったけど、自然と手が動いた。

「サンドイッチクラブの再結成だな」

シラベさんが目を細めて言った。

「でも、勝負はしないよ」

ヒカルがそう言うと、葉真は「おまえたちじゃ、オレの相手にならねぇし」と鼻で笑った。

珠子は「砂像アーティストがふえて困るのはそっちでしょ」と言いかえしてから、「新しい動画、見たんだ。サイの砂像がよかったよ」とほめた。

珠子はときどき葉真の動画をチェックしていた。対決後、葉真がとりつかれたように砂像を作っていたことも、ライオンとキメラ以外の砂像に挑戦《ちょうせん》しはじめたことも、動画を通して知っていた。

葉真は照れくさそうに笑った。

「でもさ、シラベさんにくらべたら、まだまだだ。あー、オレもいつかこんなところで砂像作ってみてぇー！」

シラベさんは「そのときが来るまで、おれも体力を維持《いじ》しないとな」と言って、お相撲《すもう》さんのようにシコをふんだ。

浜辺《はまべ》の日射《ひざ》しは、都会の公園よりもぎらぎらしていた。珠子《たまこ》は帽子《ぼうし》をとって汗《あせ》をふくと、コウテイペンギンの翼《つばさ》をけずっていたヒカルに向かって言った。

「わたしね、中学生になったら手芸部か料理部に入るんだ。ハムちゃんは？」

「まだわかんない。今は先のことをあまり考えないようにしてる」

ヒカルはゆっくりと砂《すな》をけずりながら、「『どんな人に変わっても、ハムちゃんはハムちゃんだから』って言ってくれたこと、覚えてる？」と言った。

「うん、覚えてるよ」

「あの言葉、うれしかったな。あたし、世界を変えたい気持ちは変わらない。だって、今も世界のどこかでミサイルが飛んでるし、戦争で苦しんでる人たちがいるから。あたしになにができるか、中学生になったらもっと考える」

「じゃあ、アメリカの大統領は？」

「もちろん候補《こうほ》のひとつ。でも、未定。それだけにしばられないでさがしてみる。そっちのほうがおばあちゃんも賛成してくれると思うんだ」

「うん。わたしもわたしのやりたいこと、さがしてみる」

秋の空気をふくんだ潮風《しおかぜ》に吹《ふ》かれながら、キーホルダーを砂にうめて宝《たから》さがしゲームをした。それから、靴《くつ》の先をぬらさずにどこまで波打《なみう》ちぎわに近づけるか競《きそ》った。一位は葉《よう》真《ま》。ビリは羽衣音《はいね》。シャツまでびしょぬれになった羽衣音《はいね》の姿に、みんなが笑った。

羽衣音《はいね》はくやしまぎれに、「どアホ！」と海に向かってさけんだ。葉真も「どアホ！」とさけぶと、愛衣音《あいね》は口の両端《りょうたん》をひっぱって「学級うんこー！」とさけんだ。

「バカ。なにが学級うんこだよ」とヒカルが言うと、愛衣音《あいね》は「ちがいますー。『学級文庫』って言ったんですぅー」と口をとがらせた。シラベさんが「おれが小学生のときもやったぜ」と笑った。

ヒカルが海に向かって「ポンデケージョ！」とさけんだ。

「なんだ、それ？」と葉真がふりかえってヒカルを見た。

「サンドイッチクラブのおまじない。ねっ、タマゴ」

「うん。夢がかなう魔法《まほう》の言葉だよ」

勝田《かった》三兄弟は競《きそ》いあうように「ポンデケージョ！」と海に向かって連呼《れんこ》した。珠子とヒカルは顔を見合わせてクスクス笑った。

遠くに見える白いヨットの帆《ほ》が夕陽の色に染《そ》まるころ、浜辺《はまべ》に黄色い重機があらわれた。

シラベさんが運転手さんに向かって合図を送ると、重機はモアイ像に向かって前進した。

みんなで横一線にならんで作業を見守るなか、巨大《きょだい》なシャベルが砂像《さぞう》にかぶりつくように上からふりおろされた。シラベさんの作品はあっというまに粉々になった。

「あの砂《すな》はこの海岸のものじゃないから、持って帰らないといけないんだ。砂はもとあった場所に返す。これ、鉄則」

珠子《たまこ》は足もとに視線《しせん》を落とした。無数の小さな砂丘《さきゅう》が遠くの防波堤《ぼうはてい》までつづいている。ガラスの破片《はへん》のようにきらきら光っている砂を見つめて、「砂ってきれい」とつぶやいた。

「きれいなのは砂がくだかれた地球の一部だからじゃないかな。ひと粒《つぶ》ひと粒にこの星の誕生《たんじょう》から今日までの記憶《きおく》が宿ってるんだ」

シラベさんがそう言うと、葉真《ようま》は珠子とヒカルのほうを向いて、「じゃあ、オレたち、砂像を作りながら地球の記憶《きおく》をさわってたんだな」と言った。珠子はうなずいた。

「なんかワクワクするね」

波がしぶきをあげて、よせては引いていく。

小さな泡《あわ》が砂の上でじゃれあっている。

変わらない景色の中で、砂《すな》はたえず動いている。

毎日は同じことのくりかえしのようで、そうではないはず。

見えない変化が積みかさなって、新しい自分になっていくはず。

明日のわたしは今日のわたしじゃない。

「さぁてと、帰るか」

シラベさんが手についた砂をはらった。

「ハムちゃん、行こう」

「うん、行こう」

珠子とヒカルはやわらかな砂の上を歩きだした。

砂像彫刻家の保坂俊彦さん、取材させていただきありがとうございました。
なお、本作品はフィクションです。実在の人物、団体等とは関係ありません。

**長江優子**
1971年東京都生まれ。武蔵野美術大学卒業。テレビの構成作家として主にNHK Eテレの子ども番組の制作に携わる。2006年『タイドプール』で講談社児童文学新人賞佳作を受賞し同作品で作家デビュー。軽やかな文体で、小学高学年、中学生を主人公とした多彩な物語を発表しつづけている。作品に『ハンナの記憶 I may forgive you』『木曜日は曲がりくねった先にある』『ハングリーゴーストとぼくらの夏』『百年後、ぼくらはここにいないけど』(以上、講談社)、「NHKオトナヘノベル」シリーズ(共著、金の星社)などがある。

**編集協力　板谷ひさ子**

サンドイッチクラブ

2020年6月25日　第1刷発行
2021年4月5日　第2刷発行

作　者　長江優子《ながえゆうこ》

発行者　岡本　厚

発行所　株式会社　岩波書店
〒101-8002 東京都千代田区一ツ橋2-5-5
電話案内 03-5210-4000
https://www.iwanami.co.jp/

印刷・三秀舎　カバー・半七印刷　製本・牧製本


ISBN 978-4-00-116024-6　　Printed in Japan
NDC 913　238 p.　20 cm